深川澪通《みおどお》り木戸番《きどばん》小屋

北原亞以子

朝日文庫

本書は一九九三年九月、講談社文庫より刊行されたものです。

目次

深川澪通《みおどお》り木戸番《きどばん》小屋

深川澪通《みおどお》り木戸番《きどばん》小屋

夜になると、川音が高くなる。深川中島町は三方を川でかこまれていて、木戸番《きどばん》小屋は町の南を流れる大島川沿いの、俗に澪通《みおどお》りと呼ばれる道の端にあった。町の西側へ流れてくる仙台堀《せんだいぼり》の枝川と、大島川が一つになって隅田川へそそぐところである。

大島川の向こうは新地と呼ばれる岡場所で、隅田川河口の見晴らしのよさを売物にした、百歩楼《ひやつぽろう》、大栄楼《だいえいろう》などの贅《ぜい》をつくした高楼《こうろう》が建ちならび、いつもなら、三味線や太鼓や、客をはこんできた船頭の声や、出迎えの女軽子《かるこ》と呼ばれる茶屋の女中の声が風にのって聞えてくるのだが、今日は暮六ツ（午後六時頃）の鐘を合図に雨が降り出したせいか、酔客の大声さえも聞えてこない。

あまりの静かさに、笑兵衛《しょうべえ》は表戸を開けてみた。向かい側の川岸にある自身番《じしんばん》の灯りがかすんで見える。雨は、音もなく降りつづいているらしい。

「寝かせてもらいますよ」

声にふりかえると、女房のお捨《すて》が四畳半一間《ひとま》の上り口に立っていた。眠そうに目をしばたたき、それが恥ずかしかったのか、首をすくめて笑う。ふっくらとした頬の片方にえくぼができた。

自身番に交替で詰めている差配《さはい》の一人、弥太右衛門《やたえもん》は、笑兵衛と顔を合わせるたびに、まったく品がよくてきれいなおかみさんだと、感に堪《た》えないように言う。が、さすがに年はあらそえず、髪に白いものがふえてきた。先日、笑兵衛が自分の年をかぞえてみて、五十三になったと言うと、「あらいやだ、そんなにお年寄りだったんですか」と笑いころげたが、お捨だって四十九になっている筈だ。

急に雨と風が強くなって、吹きつけられる雨の音が川音よりも高くなった。笑兵衛はあわてて戸を閉めた。内職に売っている草鞋《わらじ》、蠟燭《ろうそく》、手拭い、そのほか雑多な品にかぶせた風呂敷が、風でめくれあがっている。お捨が土間へ降りて来ようとしたので、笑兵衛は手を振った。

「いいよ。早くお寝《やす》み」

「すみませんね、あなた」

お捨は片頰のえくぼを深くして頭をさげ、寝床の中に入った。

木戸番夫婦は、夜と昼とのすれちがいで暮らしている。夫は夜、町木戸を閉めてから医者や産婆など緊急の用事がある者のためにくぐり戸を開けたり、夜廻りに出たりするのが仕事であった。ところが、町からその仕事に支払われる手当では暮らしてゆけず、なかば公認のかたちで番小屋の土間を店にして、女房が昼間、荒物《あらもの》や駄菓子を売っているのだった。

しばらく上《あが》り框《かまち》に腰をおろしていた笑兵衛は、腰を叩きながら立ち上がって、土間の壁にかけてある蓑《みの》と笠をおろした。そろそろ夜廻りに出かける時刻だった。

予備の蠟燭を持ち、灯が消えた時の用心のため、火打石もふところに入れる。雨戸が風に鳴っていた。

蓑笠をつけ、行灯《あんどん》の灯を蠟燭にうつそうとすると、眠っていた筈のお捨が起き上がった。

「どうした。眠れないのか」

「いえ――」

お捨は袢纏《はんてん》を羽織って寝床から出た。

「誰か、来てますよ」

笑兵衛は戸口に近づいた。雨戸は風に鳴っているのだと思っていたのだが、確かに誰かが外にいる。開けようとする戸に寄りかかってしまうので、ただでさえたてつけのわるい戸は敷居からはずれ、それをまた無理に開けようとしては、意気地《いくじ》なく寄りかかっているらしい。

「怪我をなさっているんじゃありませんか」

と、お捨が言った。笑兵衛は、はずれている戸を敷居にはめこもうとした。が、外ではまた寄りかかっているらしく、思うように動かない。やむをえず、お捨の手も借りて力まかせに戸を開けると、支えを失った男が土間へ転げ込んできた。ぬれねずみの若い男だった。

「勝次《かつじ》じゃないか」

笑兵衛が抱き起こすと、お捨が行灯の灯を近づけた。目をつむったまま荒い息をして、軀《からだ》のあちこちに擦傷《すりきず》があるが、大きな怪我はしていないらしい。吐く息が熟柿《じゅくし》くさかった。

「ばかやろう、足腰もたたなくなるほど酒を飲んで――」

笑兵衛は、言いかけた言葉をのみこんで苦笑した。家の中に入《はい》れた安心感からか、勝次はもう寝息をたてている。雨戸に寄りかかって半分眠っていたのかもしれず、お捨が気づかなければ、この雨と寒さで、死なぬまでも高熱ぐらいは出していただろう。雫《しずく》のたれる着物を脱がせ、正体もなく眠りこけて重い軀を、二人で苦労して座敷の上へ運ぶ。お捨は、戸棚の奥から浴衣《ゆかた》のほどいたものを出した。幾度も洗濯をして布地がやわらかくなっているので、近所の若夫婦に子供が生れたなら、おむつをつくってやろうととっておいたのだが、ずぶぬれの軀を拭くにはちょうどよかった。ためらう笑兵衛を押しのけて、お捨は勝次を素裸にした。強く摩擦するように勝次の髪や軀を拭い、手早く笑兵衛の下着や着物を着せて、寝床まで転がしてゆく。

「年齢《とし》ですねえ」

よほど重かったのか息がはずんでいて、お捨は額に手を当てて苦笑した。

「いや、若いよ」

笑兵衛が夜具をかけてやると、勝次は、うるせえとわめいて両腕を突き出した。

笑兵衛とお捨は、思わず顔を見合わせた。勝次の左手は、小指から中指までが掌に貼りついて、折れ曲がったままになっていた。南組三組の纏持《まといも》ちだった勝次が、去年、左肩から左腕にかけて火傷《やけど》を負い、ついに癒《いや》すことのできなかった傷であった。

目が覚めた。一瞬、どこにいるのだろうと思った。

軀を起こそうとすると、頭が割れるように痛む。目をつむり、こめかみを押えて夜具の上に坐った。

「目が覚めましたか」

女のやわらかい声が聞えた。勝次は、ゆっくりと目を開いた。草鞋や蠟燭や手拭いや、鼻紙などを所狭しとならべた店が見え、姉様《あねさん》かぶりの女の姿が見えた。

「ここは……」

「澪通りの木戸番小屋ですよ」

姉様かぶりをとった女はお捨で、痛む頭を横に向けると、隣りの寝床で笑兵衛が眠っている。着ている物も自分のものではなかったが、なぜ木戸番小屋で他人の着物を着て眠っていたのか、まるでわからなかった。新地へ遊びに行って、帰りに大島町の居酒屋で飲んだところまでは記憶にある。雨が降っていたことも覚えているが、どこをどう歩いてここへ来たのか、まったく思い出せなかった。

「ごはん、食べられる？」

と、お捨が言った。食べられるどころではなかった。頭は錐《きり》で刺されるようだし、胸は油で焼かれているようだった。焼かれた胃の腑《ふ》の皮をはがされるようなおくびが出て、顔をしかめると、お捨は口もとに手をあてて笑った。

「それじゃ、濃いお茶でもいれてあげましょうか」

お捨が座敷に上がって来たので、勝次は頭の痛みをこらえて立ち上がった。その姿を見て、お捨はまた笑った。火傷のあとを笑われたのかと思ったが、お捨は、笑兵衛の着物が勝次の軀に合わず、手足がむきだしになっているのを笑ったのだった。

「駄々っ子ね。うちの笑兵衛さんも小さい方じゃないけれど、あなたは特別背が高いから」

つまらないことで笑う女だと思った。第一、ころころと転がるような声で笑われては、痛む頭にひびいてたまらない。顔をしかめて頭に両手をあてると、お捨は、ごめんなさいと声を出さずに言って口許《くちもと》を袂《たもと》でおおった。

娘のようなしぐさだが、妙に品がある。笑兵衛とお捨については、日本橋の大店《おおだな》の夫婦だったと言う者もあり、京の由緒ある家の生れで江戸へ駆落ちをしてきたのだと言う者もあって、澪通りの木戸番小屋へ住みつくまでのことは、結局誰も知らないらしい。

笑兵衛だの、お捨だのと、ふざけた名前をつけやがって――

胸のうちで毒づきながら熱い茶をすすっていると、「笑さんは、まだ寝ているかい」という声がした。弥太右衛門の声だった。

自身番屋に詰めるのは地主や家主の役目だったのだが、いつの間にか弥太右衛門のような、家主に雇われて貸家を管理する差配が詰めるようになり、町のこまごまとした事務も書役《しょやく》が雇われて勤めるようになった。市中見廻りの町方同心《どうしん》が「何事もないか」と尋ねてゆく所でもあり、自身番は忙しい筈なのだが、弥太右衛門達は始終将棋をさしている。おそらく、今も笑兵衛を誘いに来たのだろう。

何気なく木戸番小屋をのぞいた弥太右衛門は、勝次の姿を見て舌打ちをした。

「お前、こんなところで何をしているのだ」

「別に」

勝次は横を向いた。こんなことには慣れているのか、笑兵衛は目を覚ます気配もなく、軽い寝息をたてている。お捨は、勝次の寝ていた夜具を二つに折って、弥太右衛門の腰をおろす場所をつくった。

「呆《あき》れたものだ。毎日毎晩飲みつづけて、軀《からだ》をこわしたらどうする気だ」

「もう、こわれてらあ」

お捨が弥太右衛門に茶をすすめた。弥太右衛門は、夜具をたたんだあとへ腰をおろした。

「お前に親がいたら、わたしと同じことを言う筈だよ。火消しが手前《てめえ》の家にも帰れないほど酔っ払って、もし昨日《きのう》の晩、火事でもあったらどうする気だ」

勝次は、口から出かかった言葉をかろうじて飲みこんだ。その左手で火消しは無理だから、見附警固の役人や寺社参詣の際の供廻りに弁当を届ける賄《まかな》い屋で働いてくれと、先月の末に頭《かしら》から言われたことは、まだ誰にも話していなかった。

「聞いて下さいよ、お捨さん。ご存じの通り、こいつはわたしの店子《たなこ》でね。火傷をするまでは、鳶《とび》にはめずらしく、博奕《ばくち》も深酒もしない男だったんだが」

「それどころか、とても優しいお人でしたよ」

「うるせえな」

「いいじゃありませんか、お話したって。実はね、弥太右衛門さん、勝次さんがわざわざここまで手拭いや蠟燭を買いに来て下さるので、わけを尋ねたことがあるんです。そうしたら、少しでも儲けさせて、早く隠居させてやりてえって」

「そういう奴だったんですよ。ところが、火傷以来この通りだ。纏が持てなくなったからって、何もこの世の終りじゃあるまいと言うんだが」

勝次は横を向いた。どうせお捨も同じような叱言《こごと》を言うのだろうと思ったが、案に相違して、お捨は黙っていた。

「火傷が何だい。長い間火消しをしていれば、火傷をすることもある。それくらい、承知していたんじゃないのかえ？　現に、お前のとこの頭《かしら》だって、若い時に大火傷をしているんだ」

頭《かしら》の火傷は顔から肩へかけてのものだと、勝次は思った。頬にひきつれが残っているが、手も足も無事だった。見ようによってはひきつれがいきのいい火消しの印《しるし》となって、かえって女達にも騒がれたらしい。賄い屋に行けと言われる勝次とは、火傷が違うのだ。

俺は、火消しになりたくって火消しの家へ奉公にいった。米をといでめしを炊き、そのめしを御膳籠《ごぜんかご》に詰めたくっていったのじゃねえ。仲間からつきあいのわるい奴だと言われながら、博奕《ばくち》も深酒もしなかったのは、ジャンと半鐘《はんしょう》が鳴った時、真先に火事場へ駆けつけるためだ。いつだって真先に素《す》っ飛《と》んで行って、他の組に消口《けしぐち》をとられたことのねえ俺が、どうして南組から追い出されなくってはならねえのだ。

「聞いているのか、え?」

弥太右衛門の叱言は、まだつづいていた。

「こうやって、みんなから心配してもらえるうちが花なのだぜ」

「大きなお世話だ」

「いいんですか、そんなことを言って」

黙っていたお捨が口をはさんだ。

「火消しでなけりゃいやだなどと言っていられるのは、ふところにお金がある間だけ。食べられなくなれば、どんな仕事だって有難くなりますよ。ところが、そこまでいってしまうと――」

「誰もお前の心配なんざしなくなるよ」

弥太右衛門がお捨の言葉をひきついで、お捨が弥太右衛門の言葉にうなずいた。

「そうなる前に、別の仕事を見つけておいた方がよいと思いますけどねえ」

きいた風《ふう》なことをぬかしゃがる――。

勝次は、鼻先で笑った。

日本橋の大店だか、京の偉そうな家の生れだか知らねえが、どんな仕事でも食えりゃいいと思ったのは意気地がねえからだ。俺は、親の顔も知らねえ生れだが、めしさえ食えりゃいいとは、ただの一度も思ったことはねえ。

「あら、いやだ」

勝次の胸のうちを読みとったように、お捨は両手で口もとをおおい、首をすくめて笑った。

「昔、笑兵衛さんとわたしがひもじい思いに負けて、人に迷惑をかけるような、とんでもない仕事に首を突っ込んでしまったことを、白状してしまったじゃありませんか」

「それじゃ、お捨さんは……」

「そう、骨と皮ばかりに痩《や》せて、目をぎょろぎょろさせていた時もあったんですよ。昔々、深川へ来る前のことですけどね」

お捨は、ふっくらとした手を目の前で振って、恥ずかしそうに笑いながらあとじさった。

勝次は、なおも問いつめようとする弥太右衛門をねめつけた。人に恥をかかせるものじゃねえ、そう言ってやりたかった。

が、弥太右衛門も、負けずに勝次を睨《にら》み返した。お捨が口を滑らせることになったのは、勝次のせいではないかと言いたいらしい。

勝次は、目のやり場に困ってあたりを見廻した。

ふところにあった財布が、夜具の上に置かれていた。濡れた着物は、木戸番小屋の裏に干してあるらしい。勝次は財布をつかみ、割れるような頭の痛みをこらえて土間に降りた。

「どこへ行く」

「迎え酒――」

「いい加減になさい」

勝次は驚いて足をとめた。怒ったお捨を見るのは、これがはじめてだった。

「黙って出て行く人がありますか」

さすがに笑兵衛も目が覚めたようだった。半身を起こして、だが大声を出した女房をなじるでもなく、お捨と勝次を等分《とうぶん》に眺めている。

弥太右衛門が、お捨の怒りはもっともだというようにうなずいて勝次を見た。なぜか、それが勝次の癇《かん》に障《さわ》った。

「迷惑をかけて悪かったよ」

言い捨てて裏へまわり、着物を着替えた。まだ乾いていない着物は、ひんやりとつめたかった。

「とめに行かないのか」

という笑兵衛の声が聞えた。

「怒っているんですもの、行きません」

と、お捨は答えていた。

勝次は、うっすらと笑って歩き出した。お捨を怒らせたと思うとよい気持ではなかったが、詫《わ》びたところで南組に戻れる機会があたえられるわけでもなかった。

が、その日の酒は妙に落着かなかった。なみなみと酒をついだ猪口《ちょく》を口許へはこぶ最中《さいちゅう》に、ふっと、お捨と笑兵衛の前にかしこまり、熱いご飯を食べている光景が浮かんできて、早く、木戸番小屋へ帰りたくなってくるのである。子供ではあるまいし――と、勝次は意地になって飲みつづけた。一軒目の居酒屋には日暮れまでいて、それから二軒目に移り、二軒目を出た時もまだ帰るには早過ぎるような気がして三軒目の暖簾《のれん》をくぐった。酔いつぶれなかったのが、不思議なくらいであった。

勝次が横丁をのぞくと、笑兵衛ものぞいた。

「何か、おかしな気配でもするのかい」

と言う。勝次は、目をそらせてかぶりを振った。

「たいしたものだねえ、火消しってのは」

笑兵衛は感心している。十日ほど前、笑兵衛と一緒に夜廻りに出た勝次が、火事を未然に防いだのだった。

あの夜、勝次はしたたかに酔って木戸番小屋へ戻った。居合わせた弥太右衛門が住居《すまい》の裏長屋へ連れて帰ろうとしたのだが、勝次は酔いにまかせてここに泊るのだとわめき、お捨もせっかくここへ帰って来たのだからと言って、狭い座敷に勝次の床《とこ》を敷いてくれた。その翌日のことであった。

迷惑をかけた詫びに、宿賃だと金を渡そうとすると、お捨はかぶりを振って、そのかわりに夜廻りの供をしてゆけと言った。火の中を突っ走っていた若い者が、のろのろ歩きの爺様のうしろから拍子木を打って歩くのかとふくれ面でついていったのだが、途中でかすかなにおいに気がついた。

焦《こ》げくさいにおいは、夜廻りを終えた方角から流れてきた。勝次は、物も言わずに走り出した。

横丁を幾つか曲がると、白い煙が見えた。燃える筈のない板塀から、赤い炎があがっていた。附け火であった。

勝次は、用水桶《おけ》の手桶に飛びついた。燃えている板塀まではかなりの距離があったが、その場から水を汲んでは炎へあびせかけた。水は少しのむだもなく炎の上へ飛んでゆき、笑兵衛が駆けつけた時にはもう、焼け焦げたあとから水が滴《したた》り落ちているだけだった。南組の火消しらしい、あざやかな消火だった。

次の日、木戸番小屋には、附け火のあった附近の住人達から酒や料理が届けられた。なかには、照れくささから布団をかぶって寝ている勝次に、深々と頭をさげてゆく者もいた。師走《しわす》の寒いさなかに焼け出される恐しさを思うと、勝次に頭をさげずにはいられなかったのだという。

黙ってはいたが、勝次は、ひさしぶりに消口をとったような気分だった。湯屋へ行けば番台《ばんだい》が「勝ちゃん、お手柄だったね」と言い、酒と料理の相伴《しょうばん》にあずかった自身番の書役も木戸番の隣りの炭屋も、愛想よく挨拶する。お捨は客がくるたびに「勝次さんのお蔭で焼け出されずにすんだのですよ」と言っていたし、弥太右衛門も自身番から出て来ては、「その勝次はうちの店子でね」と尋ねられもせぬのに話していた。

勝次は、木戸番小屋へ通うことにした。笑兵衛と夜廻りに出て長屋へ帰り、昼過ぎまで眠って木戸番小屋へ行くのである。お捨のかわりに水を汲み、笑兵衛のかわりに薪《まき》を割って、夕飯を一緒に食べた。

が、今朝、勝次は朝湯につかりながらある事を思いついた。それが、夜廻りに出た今も、頭の中にひっかかっている。

勝次は、重苦しい息を吐いた。

「どうした」

笑兵衛がふりかえった。

「顔色が悪いじゃないか。先に帰るかえ？」

灯りもいらぬほどの月夜で、勝次からも心配そうな笑兵衛の顔がよく見える。勝次は顔をそむけた。

「何でもありゃしねえよ。親爺さんの顔色だって、青く見えるんだぜ」

「それならいいが」

誰にもわかりゃしねえ——と、勝次は胸のうちで呟《つぶや》いた。南の三組が消口をとり、大火事になりそうだったのを防いで引き上げてくるあの気持――。

仲間も皆、肩で風をきって歩いていたが、勝次は、親なしっ子とばかにされた俺が、深川中、焼野原になるのを防いでやったのだぞ――と、二重にも三重にも誇らしい気持になっていたのだった。

ふっと、お捨の顔が目の前に浮かんだ。火消しは火事を消すのが仕事だけれど、木戸番は火事を起こさないようにしているんですよ――と自慢しているように見える。

お捨なら、そう言えるだろう。一時期ひどい暮らしをしていたようだが、その苦労の翳《かげ》が見えないのは、生れがよいからだ。町内の親爺の捨て所と言われる木戸番に住んで、子犬を拾ったの木瓜《ぼけ》が咲いたのと、下《くだ》らないことを喜んでいながら他人からも一目置かれるのは、良家の生れだからだ。が、親なしっ子は違う。つまらない仕事につけば、「やっぱり――」とささやかれる。といって、大店に奉公したくても雇ってはもらえない。だから、勝次は火消しになった。板塀の火を消しとめただけで、人々は、勝次に深々と頭をさげたではないか。

それが、幼い頃の勝次の夢だった。ごみためにへ入って、古金屋《ふるかねや》へ売りに行く割鍋《われなべ》や折釘《おれくぎ》などを探している時にそそがれた、同年輩の子供達の視線は今でも忘れられない。可哀そうだと言う子もいないではなかったが、女の子達は恐しそうにあとじさり、男の子達は野良犬《のらいぬ》でも見るような目で石を投げた。今にこいつらにも頭をさげさせてやると、勝次は幾度《いくど》涙をのみこんだことか。

第一、火消しは、男の中の男の仕事だ。のらくら役人に弁当を届けるのとは、わけがちがう。弁当などは誰にでも届けられるが、火消しには度胸がいる、意地がいる。ましてや纏持ちは、南組三組が消口をとったあかしの纏をたてるのだ。燃えさかる炎の中へ飛び込んでゆく度胸と、すさまじい火勢にも退かぬ意地がいる。常に危険の二文字がつきまとう仕事だが、延焼を防いだ時の嬉《うれ》しさはたとえようがない。命をまとに江戸を守ったのだと思えば、それだけで毎日に張りがあった。

夜廻りは終りかけていた。勝次は、落着かぬようすで路地や横丁をのぞきこんだ。

「用足しか」

笑兵衛は勘違いをしてくれたらしい。

「もうすぐ家だが、我慢できないのなら、しかたがないさ」

「うん――」

また、お捨の顔が浮かんだ。

勝次は唇を嚙《か》んだ。せっかく笑兵衛が勘違いをしてくれたのではないか――。

「それじゃ、――」

「ああ、行っといで」

「すまねえ」

勝次は横丁に駆け込んだ。急がねばならなかった。勝次は走りながら、ふところに隠してきた火打石と破いた障子紙を取り出した。

横丁の突き当りは板塀で、左へ曲がると用水桶もある。

勝次はうしろをふりかえった。笑兵衛の姿は見えない。

そっと右へ曲がった。板塀の角《かど》に紙屑を置き、火をつける。普段は気にならぬ火打石の音が、拍子木に負けず大きく響いたように思えて、勝次は思わずあたりを見廻した。

紙屑の炎が板塀を焦がしはじめた。勝次は素早く用水桶の前へ行き、用を足していた振りをした。

火は、完全に燃えうつったようだった。

「火事だ――」

大声で叫んで、勝次は手桶を取ろうとした。その時はじめて、用水桶の陰に若い娘が蹲《うずくま》っていることに気づいた。

見られた――。

背に悪寒《おかん》が走った。

俺は火焙《ひあぶ》りになる——。

だが、手足は恐怖とは別に動いた。脅《おど》してでも口留めをしなければと思いながら、勝次は手桶に水を汲んで走った。

駆けつけた笑兵衛も、勝次の声に起こされた人々も加わって、火はたちまち消しとめられた。勝次は、ぽっかりと穴のあいた塀を見つめながら、その場に蹲った。ふところから、火打石が転げ落ちたのにも気がつかなかった。

人々は、なかなか家の中へ戻ろうとしなかった。寒さにふるえながら焼けた塀をかこみ、声高に喋《しゃべ》りつづけていた。

板塀の中の住人は、金貸しのようであった。しかも、相当にあこぎな商売をしているらしい。我孫子屋甚兵衛《あびこやじんべえ》とは誰も呼ばず、あこぎ屋甚兵衛と呼んでいるというのである。

「この前の附け火も、ほんとうはあこぎ屋を狙ったのかもしれねえな」

「いやだねえ。それじゃ、また狙われるよ」

「貰《もら》い火なんざ真平《まっぴら》だ。早く引越してもらいたいよ」

勝つぁん——と、笑兵衛が言った。

「手桶を返してこようか」

「いいよ、俺が行く」

勝次は、ふるえる足を踏みしめて立ち上がった。これだけ人が集まっている中で口留めのできるわけがなかったが、娘の姿は用水桶の陰から消えていた。

そのままどこかへ逃げて行きたかった。磔柱《はりつけばしら》にくくりつけられた足もとに薪が積まれ、火をつけられる光景がありありと浮かんで軀中がひきつるようだった。

が、勝次は逃げなかった。恐しさをこらえて朝湯へ行き、起き出したばかりの酒屋に五合の酒をはからせて家へ帰った。火消しが火つけをしたのだから火焙りになるのは当り前――と自分に言い聞かせても、さすがに自訴する勇気はなく、素面《しらふ》で捕手《とりて》を待つ度胸もなかった。火が、これほど恐しく思えたのははじめてだった。

冷酒を湯呑みであおったが、酔いもしなければ、眠くもならない。万年床にもぐりこんでも、雀が廂《ひさし》を歩く音にさえ飛び起きて、外の気配を窺《うかが》った。夫を仕事に送り出した女達が、井戸端で他愛《たあい》ない悪口を言いながら洗濯をしているのが、遠い世界のことのようだった。

それでも、いつの間にか浅い眠りにひきこまれたらしい。ふっと目が覚めると、入口の戸が激しく叩かれていた。勝次は、跳《は》ね起きて床の上に坐った。たてつけのわるい戸が、叩かれるたびに揺れていた。

血の気のひいてゆくのが自分にもわかった。捕えられる覚悟はきれいに消えて、窓から逃げ出したいと思ったが、軀が動かなかった。

戸を叩いている男は、しきりに何か叫んでいた。

「勝次。まだ、寝ているのか。勝次——」

南組三組の頭《かしら》の声だった。勝次は、全身の力がぬけてゆくような気がした。這《は》うように寝床から出て、土間に降りる。戸を開けると、昼を過ぎた日の光がまぶしかった。

「どうした。工合でもわるいのか」

「別に——」

「それならいいが、顔色がわるいぞ」

頭《かしら》は、ひきつれのある顔に翳《かげ》をつくって家の中へ入って来た。勝次はあわてて窓を開け、夜具を二つ折にして、転がっていた貧乏徳利と湯呑みを片づけた。

賄い屋へ顔を出さぬ叱言だろうと思ったが、頭《かしら》は意外なことを言い出した。南組に戻らぬかというのである。左手の指が使えぬのでは、梯子《はしご》の登り降りもむずかしく、それならばいっそ賄い屋へ行った方がよいと考えたのだが、夜廻りまでひきうけて附け火を防いだ勝次を見て、自分が情けなくなった、自分は火消しの中の火消しを追い出すところだったと、頭《かしら》は勝次の前に両手をついた。

勝次は黙っていた。附け火をする前の勝次なら、二つ返事で火消しに戻ったにちがいなかった。自分でつけた火を自分で消したのも、さすが火消しと騒がれたかったからだった。火消しへの強い気持が、火をつけたことで認められたとは皮肉な話であった。

考えさせてくれ——と、勝次は言った。頭《かしら》は、腹を立てているのも無理はないと、妙に気弱な笑いを浮かべて帰って行った。

ふたたび戸が叩かれたのは、それから間もなくのことであった。どうにでもなれと、勝次は自暴自棄になって戸を開けた。

弥太右衛門が、埃《ほこり》のたまった障子の桟《さん》を眺めながら立っていた。その隣りには、ふっくらとした軀を木綿の着物でくるんだお捨がいる。

「お客様をお連れしましたよ」

お捨は、のんびりと言ってふりかえった。小柄で痩せた娘が、お捨の陰に隠れていた。

「おけいさんと仰言《おつしや》るの。勝次さんに、お礼を申し上げたいのですって」

前に押し出された娘を見て、勝次は息をのんだ。あちこちに継《つぎ》のあたった着物を着てうつむいている娘は、昨夜、用水桶の陰にいた娘にちがいなかった。

「はっきり言ったらどうなんだ」

お捨は木戸番に、弥太右衛門は自身番に帰って行ったので誰もいない。勝次は、座敷の隅に坐っているおけいをねめつけた。小さな風呂敷包みを抱えたおけいは、おどおどと勝次を見上げた。

江戸の娘らしく色は浅黒いが、目が大きく、尖《とが》っているような小さな唇に愛嬌《あいきょう》があって、美人のうちに入るだろう。が、着ているものはひどかった。あちこちに継のあたっているのはよいとしても、膝などは継布が破れ、その上にまた継があたっている。

勝次は、ふところへ手を入れた。賄い屋に行けと言われた時に渡された金が、まだ幾らか残っている。

「言ってみな。ここへ来たのは何がめあてだ」

「だから、お礼がしたくって……」

「ふざけるんじゃねえ。俺がお前《めえ》に何をしてやったというんだ」

「口では言えないけど、勝次さんには、ほんとにお世話になっているんです」

「嘘をつけ」

「ほんとです」

おけいの大きな目がうるんだ。

「ほんとにわたし、お礼がしたいんです。でも、貧乏で、お酒もお肴《さかな》も買えないから、せめてお掃除やお洗濯をさせてもらおうと思ったんです」

「笑わせるねえ」

勝次は肩を揺すって笑い、ふところの財布を投げつけた。財布はおけいの膝に当り、紐がほどけて小粒や銭がこぼれ出た。

「お前《めえ》のめあては、これだろう」

「そんな……」

「木戸番のおかみさんは騙《だま》されたかもしれねえが、俺にゃちゃんとわかってるんだ」

「あんまりだわ」

おけいは、肩を震わせて泣き出した。

「言っとくが、根っきり葉っきりこれっきりだよ。中に小判が一枚入っているが、あとは逆さにしたって鼻血も出ねえ」

勝次は、おけいの前を突切って土間へ降りた。両国へでも遊びに行こうと思った。

おけいのあの身なりでは、一両と二分か三分《ぶ》の金など焼石に水だろう。足りないというのなら、昨夕《ゆうべ》の火事は火消しの勝次のしわざだと訴えて出るがいい。従容《しょうよう》として捕手の来るのを待っているほどの度胸《どきょう》はないが、おびえて手足を凍りつかせながら待っていることはできる。火消しに戻れと言いに来てくれた頭《かしら》や、夜廻りの供をさせてくれた木戸番夫婦には、あの世で詫びを言うことにしよう。

見世物小屋のまわりをうろついて、日のあるうちに深川へ戻り、顔見知りの居酒屋で晦日《みそか》払いの酒を飲ませてもらって長屋へ帰った。おけいという娘が一両三分の金に不服だったなら、家の中で捕手が息をひそめている筈だった。

勝次は深呼吸をした。障子の桟に手をかける。埃のざらざらとした手ざわりがなくなっていた。

思いきって戸を開けた。

誰もいなかった。三畳とはこんなに広かったのかと思うほど座敷はきれいに片付けられていて、万年床も濡縁《ぬれえん》に干してくれたのか、たっぷりと日を吸って壁際にたたまれている。

驚いたことには、座敷の真中に膳が出ていて、その脇にめしを炊いたらしい鍋が置かれていた。蓋をあけると、炊きたてのめしの甘いにおいのこもった湯気がたちのぼった。膳の上には茶碗と丼が伏せられていて、丼の下には焼いた干物の皿が、茶碗の下には書きつけがあった。

書きつけには下手な仮名文字で、こめ百もん、さかな八もんと記されている。米を百文、干物を八文で買ったらしい。何気なく神棚を見ると、叩きつけた財布が、紐できちんとくくられてのっていた。

勝次は、めしのにおいに誘われて箸《はし》をとった。自分の家で夕飯を食べるのはひさしぶりだった。熱いみそ汁が飲みたいと思ったが、みそも醤油《しょうゆ》もない台所では、これが精いっぱいだっただろう。

おけいは、翌日も来た。

風呂敷の中から、継のあたった前掛とたすきを大切そうに取り出して身仕度をすませ、よごれたままにしておいた茶碗や皿を桶に入れている。勝次は、その前に一分金を投げ出した。

「今日は、みそ汁が飲みてえや。みそでも庖丁でも、無いものは買ってくんな」

黙って一分金を拾い上げるおけいを見て、勝次は家を出た。あの娘は、いつ尻尾を出してゆすりはじめるのだろうと思った。

両国へ行ったが、ろくろ首の見世物にもすぐ飽《あ》きた。勝次は居酒屋へも寄らず、真直ぐに長屋へ帰った。おけいは、まだ家にいた。

「あ、――」

おけいは、勝次を見ると、耳朶《みみたぶ》まで赤くして、ほどいていた着物を風呂敷に包んだ。掃除も洗濯も終え、夕飯の仕度まで内職をするつもりだったらしい。

「ごめんなさい。お帰りまで暇があると思ったものだから」

「俺はかまわねえよ。ゆっくりやってくんな」

「すぐ御飯にします。ちょっと待って下さいね」

おけいは、ていねいにたたんだ紙を袂から出し、抜きとった糸を巻いた。継をあてる時の糸にするのだという。勝次は、手拭いで足をはたいて座敷に上がった。釣銭が神棚にのっている。下手な仮名文字の書きつけも、その横にのっていた。

夕飯は、焼魚とみそ汁だった。隣りの女房がくれたという、香の物もついていた。

夕飯の仕度を終えて帰る時、おけいは、ふと唾《つば》を飲みこんだ。白いめしなど食べたことがないのだろうと勝次は思ったが、呼びとめもせず、かえって茶碗に炊きたてのめしを山盛りにしてみせた。

「さようなら」

小さな声で言って、おけいは帰って行った。

が、それからもおけいは勝次の家へ通ってきた。勝次の起き出す昼頃に来て、掃除と洗濯をすませ、あいている時間にほどき物や仕立物の内職をして、勝次の夕飯の仕度をして帰って行く。一両でいいから用立ててくれとも、例のことを黙っているのだから五十両くれとも言わなかった。

その日は雨が降っていた。

ぼろ傘をさして駆け込んできたおけいが濡れた髪や肩を拭いているのを、上り口に腰をおろして眺めていた勝次は、妙な音を耳にした。

おけいが勝次を見た。おけいはみるみる頬を赤く染め、手桶を持って外へ出て行こうとした。

「待てよ」

勝次は、おけいの手をとった。荒れて、しもやけにふくれて、十六の娘とは思えない手であった。

「お前《めえ》、昼めしを食ってねえのか」

「いいえ、食べてきました」

「嘘をつけ。腹の虫が鳴いているじゃねえか」

おけいは、勝次の手をふりはらった。

「今日だけよ。今日は、お腹の具合が悪かったから食べなかったんです」

「お前《めえ》は――」

勝次は、出て行こうとするおけいの前に立ち塞《ふさが》った。

「お前《めえ》は、毎日、昼めしも食わねえで……」

「心配しないで。もう慣れてるんだから」

「強情をはるな」

勝次は、おけいの手から手桶をもぎとった。尻込みするおけいに傘をもたせ、ひきずるようにして家を出る。

近くの蕎麦《そば》屋へ入っててんぷらを頼むと、おけいは、強情を張る気も失せたように俯《うつむ》いた。

「それだけでいいかえ？」

と尋ねたが、おけいは、勝次の声より、隣りの男の蕎麦をすする音の方が気になるらしかった。上《うわ》の空《そら》でうなずいて、そっと唾《つば》を飲みこんでいる。見ぬようにしているのが、おけいのせめてもの意地なのだろう。勝次にも覚えがある。割鍋も折釘も見つからず、目がまわりそうなほどの空腹をかかえている時は、みじめな顔つきにならぬよう、食べ物屋を避けてねぐらに戻ったものだ。

が、運ばれてきた蕎麦のにおいに、おけいはたまりかねたように顔を上げ、手を出して取ろうとして耳朶《みみたぶ》まで赤くした。

「遠慮することたあねえやな。お前《めえ》の分だ」

それでもちょっとためらってから、おけいは深々と頭を下げ、箸をとった。

見ているだけで、胸が痛くなるような食べ方だった。はじめの一口こそ勝次の視線を気にしていたようだが、蕎麦がのどを通ったとたんに、勝次も周囲の客もおけいの視野から消えたらしかった。おけいは、夢中で蕎麦を口の中へ押し込んでいた。昼どころか、朝もろくに食べていないにちがいなかった。

おけいが丼から顔を上げたのは、つゆの中に何もなくなってからだった。

「おいしい――」

と、おけいは、つゆを大切そうにすすって口もとをほころばせた。はじめて見るおけいの笑顔だった。

勝次は、蕎麦屋の亭主に、指を二本立ててみせた。一人で二つ食えと言えば満腹したと見栄をはるにちがいないこの娘のために、さして空《す》いてはいない腹の中へ、自分も二つ目のてんぷら蕎麦を押し込むつもりだった。

その日、勝次は、おけいの父親が大工であったこと、五年前に大怪我をして半身不随になったこと、母親はその前に死んでいて、去年十一歳になった妹を奉公に出し、今はおけいが内職をしながら父親の看病をしていることを知った。

蕎麦一つ満足に食べられないのも、継はぎだらけの着物がまた摩り切れているのも無理はない。裏長屋の三畳一間に痩せこけて横たわっている父親の姿と、月の明りをたよりに目をこすりながら他人《ひと》の着物を縫い直しているおけいの姿が、ありありと勝次の目の前に浮かんできた。


用事をすませて帰ってくると、出入口の敷居を拭いていたおけいが、指先を見て顔をしかめていた。古い長屋なので敷居もささくれていて、棘《とげ》をさしたらしい。

「あぶねえなあ。だから、そんなに丁寧にしねえでもいいと言ったんだ」

「平気よ、これくらい」

おけいは、指を目に近づけた。しばらくの間、その指を舐《な》めたり他の指で押したりしていたが、「とれた――」と満足そうな声を出して、掌にぬきとった棘をのせた。

「大きいでしょう」

「つまらねえ自慢をするんだな」

勝次は、声をあげて笑った。

「さ、めしにしようぜ。鮨《すし》を買って来たんだ」

「すごい――」

おけいははしゃいで手を叩き、雑巾《ぞうきん》がけの水をどぶへ捨てた。

勝次は鮨折を上り口に置き、七輪を路地へ持ち出した。火をおこして鉄瓶をのせる。

が、家に入ると、鮨を皿にあけているとばかり思っていたおけいが、座敷の隅に膝を
そろえて坐っていた。

「どうした」

「先に、お話したいことがあるの」

やっぱりそうだったのかと思った。いくら今日までおけいが何も言わずに掃除洗濯
をつづけていたとはいえ、すっかり信用してしまうとは勝次もおめでたい男だ。百両
よこせと言う時に鮨を買ってきたのだから、おけいはおかしくてたまらないだろう。

座敷に上がろうとした勝次は、ふところがかさばっている事に気づいて苦笑した。

どこまで俺は人が好いのだろうと思った。

「そら――」

勝次は、かさばっていた薬袋を放り出した。

「なあに？　これ」

「膏薬《こうやく》だよ、あかぎれの」

「わたしに、買ってきてくれたの？」

勝次は、おけいが唇を歪《ゆが》めて笑ったのだと思った。が、薬袋を両手で持ったおけいの唇から洩《も》れたのは、笛を吹いているような泣き声だった。

「これ、貰《もら》って行っていい？」

「いいにも何にも、お前《めえ》に買って来たんだぜ」

「ありがと。大事に持ってるわ──」

おけいは、前掛で顔をおおった。

「どうしたってんだ、いったい」

「お掃除に来たいの。もっと、お掃除に来たいのよ」

「来てくんなよ。俺あ、有難《ありがて》えと思ってるんだ」

「来たいわ。どんな無理をしてでも来たい。──それでも来られないのよ」

「どうして」

「新地へ行くの」

おけいは泣きくずれた。

売られたのか──。

勝次は、深い息を吐いた。この暮らしぶりで、父親の具合でも悪くなったら、おけいが身を売るよりほかに方法はないかもしれない。

「金、いくら要るんだ」

「どうしようもないの。借金の期限がきれてるの」

「借金？」

「我孫子屋から借りてるの。九月の時は待ってもらったけど、もうだめなのよ」

「我孫子屋ってのは、俺が……」

「言っちゃだめ」

おけいは、勝次の口を手でふさごうとした。勝次は、その手を押えて言った。

「あの時、俺は我孫子屋を焼こうとした。あの時、我孫子屋が焼けりゃ証文も焼けて、お前《めえ》は新地へ売られずにすんだのか」

「そうよ。だけど、我孫子屋を焼こうとしたのは勝次さんじゃない。わたしだわ」

「何だと」

勝次はおけいを見た。涙の流れる目で、おけいも勝次を見た。

「あの時、なぜあんな時刻に、わたしが用水桶の陰にいたと思うの？」

「嘘だ」

「嘘じゃないわ。あの時、勝次さんが来てくれなければ、わたしは火をつけていた」

「俺が、お前《めえ》を新地に売るようにしちまったのか」

「違うわ。助けてもらったのよ」

　おけいは、勝次の腕にすがりついた。

「わたしだったら、火をつけたまま逃げ出して、大火事にしていたわ。勝次さんだったから、すぐに火を消して、火事にもならなかったのよ」

「だが……」

「わたしが新地へ行くのはしょうがないのよ。我孫子屋なんかに借金をしちまったんですもの。でも、我孫子屋につけた火が大火事になって、焼け出された人の娘さんがお金に困って新地へ行くようになったら、どうするの。それより、その火で誰かが死んでしまったら、わたしはどうすればいいの？　——一生、こわい夢を見ずにすんだのは、勝次さんのお蔭よ。だから、木戸番の小母《おば》さんに頼んで、ここへ連れて来てもらったの。どうしても、勝次さんにお礼をしたかったのよ」

「それじゃ、おかみさんに何もかも？」

「話したわ。でも、小父《おじ》さんも小母さんもみんな知っていた。だって、勝次さんの火打石を小父さんが拾ったんですもの」

「俺の火打石を拾った？　木戸番の親爺が？」

「そうよ。でも、小父さんも小母さんも、黙っていろって……」

勝次は、おけいの手を腕から離して立ち上がった。

木戸番夫婦は、俺の附け火を知っていた。この娘も、俺のしたことを見ていながら、俺に助けられたと、二進《にっち》も三進《さっち》もゆかねえ貧乏暮らしの中から礼に来た。情けねえ男じゃねえか、俺も。いや、情けねえ男だから、あんなことまでして纏にしがみついていたのだ。纏にしがみついていなければ、何の値打ちもなくなる男だと、手前《てめえ》も知らねえうちに気がついていたのだ。

が、もう火消しにゃ未練はねえ。

「おけいちゃん、ここで待っててくんな。きっと、どこへも行かねえでくんなよ」

おけいのうなずくのを見て、勝次は外へ飛び出した。

木戸番のお捨の言った通りだと思った。頭《かしら》が、賄い屋という仕事を見つけておいてくれなかったら、勝次は詐欺《さぎ》にでも盗みにでも手を貸したくなっただろう。

お捨さん、賄い屋は、ほんとにいい商売《しょうべえ》だよ。

勝次は、脳裡《のうり》に浮かんだお捨に話しかけながら、頭《かしら》の家へ向かって駆けていた。

俺は、一所懸命に弁当をつくるよ。それで給金の一年分を前借りして、我孫子屋に持って行く。おけいの借金がどれくらいか知らないが、半分くらいは返せるだろう。で、弁当のあまりをもらって帰りゃ、俺とおけいと、おけいの親父の三人くらい、何とかひもじい思いをしねえですむ。

それにしても、中途半端にふところが暖《あった》けえってのはよくねえな。自棄《やけ》っぱちで酒は飲めるが、その、何だ、女房にしてえ女の借金をきれいに払ってやるこたあ、できねえのだから。でも、ま、いいか。賄い屋の弁当のあまりを食って、おけいの顔を見てぼーっとしているうちに、一年や二年はじきに過ぎてしまうかもしれねえ。

黒江町寄りにある頭《かしら》の家が見えてきた。海の水が入り込む黒江川から潮のにおいがして、空は夕焼けだった。

両国橋から

た。

「いいんだよなあ。たまらねえんだよなあ」

清太郎は、いったん口許《くちもと》へ運んだ湯呑みを遠ざけて、うっとりとした顔つきになった。

目の前にはふっくらと太ったお捨《すて》がいて、そのうしろの壁には、お捨の夫、笑兵衛《しょうべえ》の袢纏《はんてん》がかかっているのだが、どちらももう清太郎には見えない。そのかわり、夏の夜空に打ち上げられる、幾つもの花火が見えていた。

「赤い火の尾を引いて昇ってゆく流星《りゅうせい》、わざと花びらの火を細くした糸菊、音をたてる雷……」

五月十八日、あと十日で隅田川の川開きとなる夕暮れの、深川中島町澪通《みおどお》りの木戸《きど》番《ばん》小屋であった。

「夏はいいねえ」

と、笑兵衛が言った。木戸番の主な仕事は、町木戸を閉めたあと、医者や産婆など火急の用事をかかえた通行人のために潜戸《くぐりど》を開けることと、夜廻りなので、笑兵衛は朝食をすませ、朝湯へ行ってから眠る。今も、たずねてきた清太郎の声で、目を覚ましたところだった。

「拍子木を打つ手が、かじかまないだけでもいい」

「いやですねえ、年寄りじみたことを言って」

お捨が、ころころと転がるような声で笑った。女雛《めびな》がふっくらと太ったような顔立ちと軀《からだ》つきで、五十路《いそじ》も間近い筈なのに、どうかすると二十《はたち》なかばの清太郎にさえ可愛らしく見えることがある。

「清太郎さん、女房ってのは変わるものだね。若いうちは、四年もよけいに世間を見てきたお人だと俺をたてたてくれたものだが、近頃じゃ、四つも若い女が女房になっているのだと恩に着せるのさ」

笑兵衛も笑いながら外へ出て行った。手に持った桶に、手拭いがかかっている。裏の炭屋の井戸へ、顔を洗いに行ったらしい。五十を三つ過ぎているとは思えないがっしりとした後姿で、夜廻りの笑兵衛に出会った酔払いが、「旦那、ご苦労様でございます」と挨拶したというが、ほんとうだろう。

笑兵衛夫婦については、日本橋の大店《おおだな》の主人夫婦だったと言う者もあり、京の由緒ある家の生れだと言う者もある。芝居や絵草紙には頰かむりの長い手拭いを頭のてっぺんで結んだ野暮ったい姿で登場する木戸番と、笑兵衛夫婦の穏やかで品のよい立居振舞とがそぐわぬせいで、さまざまな憶測《おくそく》が流れるのだろうが、日本橋周辺に暖簾《のれん》をおろした大店はなく、夫婦のどちらにも京訛《なま》りはない。結局、夫婦が澪通りの木戸番小屋へ住みつくまでのことは、誰も知らぬようだった。

「わたしはね、花びらが垂れさがるような花火が好きなの」

お捨の声に、清太郎は我に返った。

「禿菊《かむろぎく》だね。その花火の玉の割れ具合を加減すると、柳になる」

「詳《くわ》しいのねえ、清太さんは」

「多少は知っているけど……」

清太郎は言葉を濁した。ぬるくなった茶を一息に飲む。

「ああ、一ぺんでいいから、俺の花火を打ち上げてえなあ」

「俺の花火って？」

「川開きのあと、大花火を上げない日に、一分《いちぶ》払うと好きな花火を打ち上げてくれるんだ」

「まあ、豪勢な遊びねえ」

「でも、俺の花火をさ、両国橋へ夕涼みに来る連中に見せてやれるんだぜ」

「気持がいいでしょうねえ」

お捨はうなずいた。

「わたしも花火は大好きなの。と言っても、川べりまで出かけるのが億劫《おっくう》で、炭屋さんの二階で見せてもらうのだけど」

「隅田川まで見に行ってくんなよ。二階で見るのと、まるで違うから」

「それじゃ、今年は清太さんに連れて行ってもらおうかしら」

「いいともさ。けど、それよりも、いつか俺の花火を見てもれえてえなあ」

「さっきの、禿菊を上げて下さいな。楽しみにしていますよ」

「決めた、禿菊にしよう。そのかわり、炭屋さんの二階で見ちゃいやだぜ」

「そりゃもう、屋根舟を仕立ててね、うちの人に声をかけさせますよ、清太屋ってね」

お捨はまた、転がるような声で笑い出した。

「大きな笑い声だなあ」

笑兵衛が衿首《えりくび》を拭きながら戻って来た。

「清太郎さん、耳は大丈夫だったかい？」

「俺の耳は、とびきり丈夫なんだ」

清太郎は、頬を赤く上気させて立ち上がった。

「親爺さん、今日は勘弁。眠っているところを起こしちまって、すまなかった。今度来る時は、もう少し遅く来るよ」

「気にすることはないさ。若い人の威勢《いせい》のいい声で目を覚ますのは、なかなか気持のいいものだ」

「まあ。道理でわたしが起こしても、すぐには目を覚まさないと思った――」

日暮れと同時に風が途絶えて、笑っているだけでも汗がにじむ。

清太郎は、汚れて茶色に変色している腰の手拭いをとった。小名木《おなぎ》川や仙台堀に入ってくる舟の荷を蔵へ運び込む人足として働いているので、着ている袖《そで》なし袢纏も汗にまみれている。が、日焼けした顔はやさしげで、よく見れば頑丈そうな軀も、一見したところは華奢《きやしや》だった。それもその筈で、清太郎はこの界隈《かいわい》の噂通り、かつては上野池端《いけのはた》の袋物問屋、花菱の跡取り息子であった。

深川中島町は、三方を川で囲まれている。東側を黒江川、西を仙台堀の枝川が流れていて、南側の大島川沿いの道は、俗に澪通《みおどお》りと呼ばれていた。

木戸番小屋は、澪通りのはずれ、大島川へ枝川が流れ込むところにある。向かい側の川岸には自身番《じしんばん》屋があり、町内で雇った書役《しよやく》のほか、家主に貸家の管理をまかされた差配《さはい》が交替で詰めていて、今日は、笑兵衛の将棋の好敵手である弥太右衛門が当番だった。先刻、弥太右衛門はおいしそうな菓子を二つ、紙に包んで持ってきたかわり、ひやしておいた麦茶を大きな土瓶にいっぱい持って帰った。

人通りもなく、客もない。お捨は、小さなあくびをした。涙のにじんだ目に、強い日射しに照らされている澪通りが、小屋の出入口の大きさに切り取られて白く光って見える。

その出入口に人影が立ち、小屋の中に入って来て、薄暗い女の姿となった。

「突然、お邪魔を致しまして——」

女は、ゆっくりと頭を下げた。

「清太郎の女房の、うのでございます」

「あ、おうのさん——」

お捨は微笑した。俺の女房は塗物問屋の娘だが、俺を追って家を出たと、清太郎が惚気《のろけ》まじりに言ったことがある。父親どうしが幼馴染《なじ》みで、生れた時からの許婚者《いいなずけ》だったらしい。

「実は、お願いがありまして」

おうのは、うわずった高い声で言った。お捨は背後をふりかえり、笑兵衛がかすかな寝息をたてているのを見て、唇に指を当てた。

「ごめんなさい」

お捨は低声《こごえ》であやまって土間へ降り、半分程障子を閉めた。

「やっと眠ったところなんですよ。一晩中起きている商売なのに、暑くて寝つかれないんですって。夏はいつも大難儀《おおなんぎ》」

首をすくめたお捨は、太った軀を思いのほか軽々と動かして、向かいの自身番へ駆けて行った。

古ぼけた床几《しょうぎ》を借りてきて土間の隅に置き、おうのを手招きして腰をかけさせる。弥太右衛門に持ってゆかれた残りの麦茶を運んでくると、おうのはのどが渇いていたらしく、一息に飲み干した。お捨は、麦茶の鉄瓶を持ち上げた。

「わたしにお願いって、何でしょう」

おうのは、なみなみとつがれた二杯目の麦茶に軽く頭を下げた。

「あの、申し上げにくいのですけれど、清太郎をけしかけないでいただきたいのです」

「けしかけるって、何を？」

「花火です。清太郎は、自分の花火を打ち上げてみせると申し上げた筈です」

「ええ、そう仰言《おつしや》いました」

「あの人、花火のせいで勘当《かんどう》されたんです」

さすがにお捨は目を見張った。おうのは、顔をそむけてほろ苦く笑った。

「子供の頃から花火が好きで……」

大きくなったら花火屋の職人になる――が、清太郎の口癖だった。子供の時はそれが大人達の笑いを誘い、おうのの父親も清太郎への土産には線香花火を買って行ったものだが、十五歳を過ぎ、若旦那と呼ばれる頃になると、当然のことながら笑い話ではすまされなくなった。

それでも、八月二十八日までの納涼中、三度打ち上げられる大花火のたびに屋根舟を出して、今年は玉屋がよかったの、鍵屋は工夫が足りぬのと騒いでいるうちはまだよかった。屋根舟に芸者をのせるわけでもなく、吉原の遊女にのぼせあがる道楽息子より、納涼の期間を過ぎれば真面目に働くだけましだと、両親も大目に見ていただろう。

が、清太郎は、自分の花火を江戸中の人に見てもらいたいと言い出した。それも、これまでになかった形と色の大花火を打ち上げたいというのである。

清太郎は、両国吉川町の花火屋、玉屋の職人に話をもちかけた。金は出すから新しい花火をつくってくれという頼みに、職人がいやだと答えるわけがない。清太郎は、納涼のあとも花火に夢中となった。家業を放り出して玉屋へ通い、父親が叱っても母親が泣いても花火に金をつぎこもうとする清太郎に、甘い両親も堪忍袋《かんにんぶくろ》の緒を切って勘当を言い渡したのだった。

「その時、清太郎は十九で、わたしは三つ年下の十六でした」

おうのは、またほろ苦い笑いを浮かべた。

「もう一人前のつもりでしたけど、やっぱり若かったんですね。勘当されても好きなことをやりぬこうとするあの人が、何だか偉い人のように思えて、わたしがあの人を支《ささ》えてやらなければいけないと思い込んで――。それで、わたしも家を出たのですけど、今ではばかなことをしたと思っています」

「どうして」

「わたしが家を飛び出さなかったら、清太郎はとうの昔に花菱へ帰っているでしょうし。清太郎の父親は、わたしの父親の手前、まだ怒っているふりをしているんです」

おうのはお捨を見た。

「でも、ようやく帰れるかもしれません。この五年間、子供はいないと言いつづけてきた清太郎の父親が、わたしの父親と話している時に、清太郎を伜《せがれ》と言ったそうです。実家《さと》の手代《てだい》が知らせてくれました」

「まあ、よかったこと」

「だから、お願いです」

土間へ両手をつきかねぬおうののようすに、お捨は困惑したように首をかしげた。

「あの人が花火の話をしても、どうぞ知らぬ顔をなすって下さいまし」

「それはお安いご用ですけれど……」

「お願いです。俺の花火と言っても、今の身の上では、一分払って打ち上げる花火のことだろうとはわかっています。でも、その一分がないんです。一分をためるには、食べる物も食べず、着る物も着ずにいなければならないんです」

「わかりました、もう花火の話はしないことにしましょう。何だか、清太さんにはお気の毒だけど」

「いいえ」

おうのはかぶりを振った。

「気の毒だなんて――。勘当されても懲《こ》りない人なんですもの」

「そうでしょうか。お話を伺っていると、清太さんの花火狂いは、一分で花火を上げたら終りになると思いますよ」

「とんでもない。一分で花火を上げたら、次はまた、花火屋の職人さんをたずねて行きたくなるにきまっています」

おうのは、ちょっとためらってから言った。

「——仮に、清太郎の花火狂いがおさまるとしても、花火代をためてやろうとは思いません。そんなことが清太郎の父親に知れたら、せっかく勘当が許されそうだというのに、また先に延びてしまいますもの」

「先に延びても、花火を上げられる方が、清太さんは嬉《うれ》しいかもしれませんよ」

「わたしが辛抱《しんぼう》しきれません」

おうのの細い衿首に、髱《たぼ》の毛がほつれて落ちた。おうのは前髪にさしている櫛《くし》をとって、うるさそうにかきあげた。家を出た時に持ち出したらしい麻の着物も、色褪せてはいたが、おうのは丹念に仕立て直すとみえ、まだ糊《のり》がきいていた。

「ほんとうのことを申し上げてしまいます。わたし、——清太郎が花菱へ帰ったら、別れるつもりなんです」

「別れるだなんて、そんな、あなた——」

お捨は、湯呑みののっている盆をどけて、おうのと膝をつきあわせた。

「おうのさんに、裏長屋の暮らしはほんとうに大変だっただろうと思いますよ。塗物問屋の娘さんで何不自由なく育ったお人が、よく辛抱なさるものだと、笑兵衛とも感心しておりました。おうのさんの心の中に、そんなお気持があったとは、まるで思いませんでしたよ」

「わたしだって思いませんでした」

おうのは、はじめて声を出して笑った。

「実家《さと》の手代が、花菱へ帰れそうだと知らせに来なければ、ばかなことをしたと後悔しながら、あの人とずっと暮らす気でいたかもしれません。家へ帰れると思ったとたんに、辛抱の糸が切れてしまったようで――」

「疲れておいでなのですよ。疲れている時は、考えることもわるい方へ、わるい方へといってしまうから――。花菱へ帰ってゆっくりなすったら、きっとまたお気持も変わります」

「そうかもしれませんけど」

おうのは、ほつれてくる髪をかきあげながらかぶりを振った。

「今は、早く実家《さと》へ帰って一人きりになりたいんです。だから、お捨さんの花火のせいで、勘当を許されるのが先に延びると困るんです」

「それじゃ、清太さんと早く別れたくって、清太さんに好きな花火を上げさせないことになりますよ」

「ずいぶん勝手な女ですよね。――でも、わたしはもう、くたびれました。荷車の後押しをしたり、中間部屋《ちゅうげんべや》の洗濯物をひきうけたり、徹夜で仕立物の賃仕事をしたり。それなのにまた、花火だなんて、あっという間に消えてしまうあんなものに夢中になって——」

お捨は、黙って膝のあたりへ目を落とした。おうのは横を向いて、開け放しの出入口から見える、まぶしい澪通りを眺めている。

川音が、急に高くなった。

仙台堀に沿ってたつ土蔵は、白壁に大きく商標が書かれ、堀に桟橋を突き出している。

土蔵の間をぬけ、広い通りを横切ると、油売りの声が聞え、醤油《しょうゆ》の焦《こ》げるにおいのする裏通りとなった。清太郎は、空腹の虫の鳴くのを聞きながら、のんびりと歩いた。遠廻りをして木戸番小屋へ寄ろうかと思ったが、考え直して右へ曲がった。お捨は、花火の話をしないとおうのに約束したという。おうのが愚痴《ぐち》をこぼしたにちがいなく、そんなあとへ行くのは気分が悪い。

狭い庭に、強烈な潮のにおいを放つ網を干している家がある。中島町は昔、海辺の町であったといい、漁師の家は今でも庭に網や海苔《のり》を干している。漁師を相手の居酒屋からは、もう明りと騒がしい声が洩れていた。

長屋の木戸をくぐり、取付《とっつき》の家の戸を開ける。

明りのついていない家の中で、二つの人影が動いた。はじかれたように立ち上がった影は、前後して土間へ降り、清太郎を迎えた。おうのと、おうのの生家唐木屋《からきや》の手代、伊八であった。

「帰ったよ」

「来てたのかえ」

清太郎の方が目をそらせて言った。木戸番小屋へ寄ってくればよかったと思った。好かぬ奴と思うが、伊八には借りがある。昨年、慣れぬ力仕事に疲れはてたおうのが高熱を出し、薬代を工面《くめん》しようと深川中の知り合いを駆けまわっている途中で出会ったのが、掛取《かけと》りに歩いていた伊八であった。

伊八は、ためらいもせずに掛取りの金に手をつけた。事情がわかってからは、おうのの両親も伊八に手を合わせたというが、はじめはさもしい心を起こしたのかとまで罵《ののし》られたようだ。それでも伊八は、清太郎とおうのをかばって二人が惨《みじ》めな暮らしをしていたとは言わず、金は道に落としたと言い張っていたらしい。とてもかなわないと、清太郎は思う。

「お留守にお邪魔しておりました」

伊八は清太郎に近づいて、ていねいに頭を下げた。

「実は、花菱の旦那様が手前《てまえ》どもへおみえになり、お二人にお帰りいただくきっかけを、手前の主人とご相談なすっておいででしたので……」

「わざわざ知らせに来てくれたのかえ」

「はい」

「ありがとうよ。俺の留守に」

おうのに対して主人の娘と奉公人という態度をくずさなかったにちがいない伊八も、黙りこくっているおうのも不愉快だったが、皮肉を言った自分はなお不愉快だった。

清太郎は、用事を思い出したと言って家の外へ出た。ふりかえったが、薄暗い土間に立っているおうのは、俯《うつむ》いたまま身じろぎもしなかった。

夕闇が濃くなった。狭苦しい庭の干網を眺めていると、足もとから蒸されているような熱気が上がってくる。昼の強い日射しの熱を、地面が吐き出しているらしい。干網のにおいも強くなったように思えて、清太郎は、大島川の土手の上へ出た。

川の向こうは越中島《えっちゅうじま》で、隅田川の河口に沿って新地と呼ばれる遊女町がある。風の向きによっては三味線の音やら唄声やらが、きれぎれながら聞えてくるのだが、今夜は川音と、中島町の裏通りから子供の泣き声が聞えてくるばかりで静かなものだ。心なしか新地のあたりが明るく見えるのは、妓楼《ぎろう》が競《きそ》って吊す提灯《ちょうちん》の灯が空を照らしているからだろう。

清太郎は、土手に腰をおろした。

伊八は、もう帰ったにちがいない。清太郎の皮肉をあやまるおうのに、迷惑をかけたと逆に詫《わ》びて、明日からは清太郎の帰ってくる暮六ツ頃（午後六時頃）にたずねてくるだろう。

「そういう奴なんだ、あいつは」

主人思いで、働き者で、妙な道楽に凝《こ》ることもなく、正月と盆の休みには主人にあずけておいた金で両親の好きな物を買い、巣鴨《すがも》村へ帰って行く。難癖のつけようがなくて、好かぬ奴だと清太郎は思う。清太郎の方は、商売より花火に凝《こ》り、小遣いで両親の好物を買うどころか両親の金を花火につぎこんだ親不孝者で、難癖をつけられるところばかりだ。

そんな男を、おうのは追いかけてきた。

嬉しかった。愛《いと》しかった。苦労をさせたくないから唐木屋へ帰れと口では言ったものの、縋《すが》りつかれるとひとたまりもなく抱きしめて、その夜のうちに夫婦となった。

玉屋に住み込んで花火職人となるための修業をする話も決まっていたのだが、清太郎はためらいもせずに断った。玉屋に住み込むのでは、おうのと暮らすことができなかった。日傭取《ひようと》りとなったのは、その日の米を買う金が欲しかったからだった。とりあえず荷揚げ人足として働くつもりだったのだが、以来五年間、その日の米を買う金に追われつづけて、日傭取りの暮らしから脱け出せなかった。

おうのが重荷になったとは思いたくない。が、おうのが中島町の裏長屋へ、土埃《つちぼこり》で汚れた顔を更に涙で汚して飛び込んで来た時の嬉しさを、その時のままの嬉しさで思い出せなくなったのも事実だった。近頃、ふと、おうのが追いかけて来なかったらと考えることがあるのだ。

おうのが追いかけて来なかったら――。

玉屋の花火職人となっていたことは間違いなかった。かつて鍵屋の花火職人であった玉屋の主人のように、清太郎も独立して、江戸にもう一軒、花火屋をふやしていたかもしれないのである。

目の前の河原から花火が打ち上げられたような気がして、清太郎はかぶりを振った。いつまでも花火屋『菱屋清太郎』の夢を描いていては、おうのが可哀そうだった。

おうのは、唐木屋を出て来たことを、清太郎のために後悔していた。自分さえ唐木屋を出て来なかったら、清太郎の勘当はもっと早く解けた筈だと泣いたこともある。

おうのが引越しの荷車を押し、仕立物の夜なべに精を出すようになったのはそれからだった。おうのは稼いだ金を青竹の花活《はないけ》に入れて溜め、せめて隅田川近くの二階家を借り、荒物屋のような商売をして、夏の夜はゆっくり花火を眺めようと言っていた。おうのも難癖のつけようのない、いい女だった。

おうのが溜めた金は、おうのが疲れはてて倒れた時、わずか一度の医者代で消えた。めまいと吐き気で起き上がることもできないおうののために、清太郎が仕事を休むと、薬代はおろか、一日おきに米を買う百文の銭《ぜに》にも困るありさまとなった。

そこへ、伊八があらわれた。夫の重荷となってしまったことを悔み、せめて夫に尽くそうとして、おうのは疲れはてていた。

「ところが、亭主は頼りねえくせに、花火を諦めきれねえし――」

伊八は主人思いで、働き者だった。おうのの気持が伊八に傾いても、清太郎に文句の言える筋合いはない。

だが、やはり腹が立つ。それも、無性に腹が立つ。

「一発、どかんと打ち上げてえな」

そう思う。このむし暑く、苛立《いらだ》たしい夜空に、轟音《ごうおん》とともに美しい火の花を咲かせたらどんなに胸がすくだろう。

「一分《いちぶ》だ。一朱《いっしゅ》が四百三十文の銭相場《ぜにそうば》として一分なら千七百二十文、一日三十文溜めりゃ一月《ひとつき》に九百文、二月《ふたつき》で千八百文だ。手の届かねえ金じゃねえぞ」

こうして新地の空を眺めている間も働けばいい。働けばいいが、せっかく許されそうな勘当も、花火のために金を稼いでいると両親に知れたら、またいつ許されるかわからなくなるだろう。おうのは、三日にあげずたずねてくる伊八の報告を聞き、一喜一憂して花菱からの使いが来るのを待っている。

「諦めるか――」

諦めれば、近いうちに間違いなく花菱へ帰れる。

「だが」

清太郎は、空に向かって深い息を吐いた。

花菱へ帰れば、おうのが離縁状をくれと言い出しそうな気がする。そして多分、清太郎は、何も言わずに離縁状を書くだろう。今夜のように、暑苦しく苛立たしく、暴れ出したいような気持を懸命に抑えて。

「くそ。唐木屋へ帰りたけりゃ、たった今帰りゃがれ」

そうだ、おうのは今すぐ唐木屋へ帰ればいい。清太郎に愛想をつかしたと言えば、唐木屋は喜んでおうのを家に入れる筈だ。

清太郎は立ち上がった。

「俺は、花火を打ち上げてやるぞ」

土埃と涙で顔を汚し、清太郎に縋《すが》りついてきたおうのの姿が目の前に浮かんだ。わたしのせいで勘当の解かれるのが遅くなったと、泣いている声も聞えた。

「知ったことか」

清太郎は、足もとの石を大島川へ蹴込んだ。おうのがいなくなったあとのことなど、考えたくもなかった。

仙台堀に着いたところで雨が強くなった。荷揚げはやはり中止になっていて、人足達はやり場のない不満を土蔵の白壁にぶつけ、こぶしや平手で叩きながら思い思いの方向に散っていった。

清太郎は、濡れ鼠《ねずみ》のまま中島町への道を急いだ。早朝でもあり、雨が強いせいもあって人通りはない。どこから朝の陽《ひ》が洩《も》れてくるのか、明るくなったのが不思議なほど厚い雲の下で、裏通りの家は、小さくひっそりと並んでいた。

長屋の木戸口が見えてきたところで声をかけられた。顔にかかる雨を払いながらふりかえると、間口九尺の狭い店の前に、たすきがけの男が立っていた。豆腐屋の金兵衛《きんべえ》であった。

「どうした、今日はあぶれかい？」

「間《ま》のわるい話さ」

答えながら、清太郎はふと思いついた。

「金兵衛さん。頼みがあるんだが」

金兵衛は、清太郎が近づくのを防ぐように片手を突き出して、用心深い顔になった。

「言っておくが、金は貸さないよ」

「頼みゃしねえよ、そんなことは」

清太郎は苦笑した。

清太郎が荷揚げ人足として働きながら大島町の寄席の下足番になったことは、この界隈の評判になっている。勘当が解けそうになったのであわてて賭事の借金を清算しているのだとか、清太郎に貢《みつ》いでいた女への借りを返すのだとか、思いも寄らぬ噂が流れているのは清太郎も知っていた。金兵衛もそんな噂を耳にして、清太郎には、切羽《せっぱ》詰まった事情があると思っているのかもしれなかった。

「豆腐を売らせて貰《もら》えねえかと思ったんだよ」

「豆腐を？　清太さんがかい？」

「ああ。何の商売《しょうべえ》も楽じゃねえのはわかっているが、雨だからといって、一日休んでいるのももったいないんでね」

金兵衛は、雨の雫《しずく》をしたたらせている清太郎を呆《あき》れ顔で眺めた。

「黙っていようと思ったんだが、それじゃお前《めえ》……」

言いかけて金兵衛は、手拭いを投げて寄越した。

「ま、中へ入《へえ》んな」

髪や顔を拭いながら店の中に入ると、みそ汁のにおいがした。金兵衛は二年前に妻を亡くしていて、十一歳になる長男が朝めしの仕度をしているらしい。清太郎は目がまわりそうになった。

「かけな」

金兵衛は、上り框《かまち》の方へあごをしゃくった。

「何を考えてるのか知らねえが、それじゃおうのさんが可哀そうだとは思わねえのかい」

「また妙な噂を聞いたんだな」

「ああ、聞いたよ」

金兵衛は清太郎の肩を押えつけ、上り框に腰をかけさせた。

「お前《めえ》の仲間からも、高利貸しの婆さんからもね。清太さん、お前《めえ》、弁当は六文で売るし、この間の雨の日は、貸した金の取り立てまで引き受けたそうじゃねえか」

「そのことか」

「そのことか──じゃねえだろう。おうのさんのつくってくれる弁当のどこが不足で、仲間に売ったりするんだよ」

「不足なんざありゃしねえよ。食ってよけりゃ食いてえや」

弁当を売ることにしてから幾日たつだろうか。確か五日ほど売りつづけてから耐えきれなくなって三日の間自分で食べ、また五日つづいて仲間に売っている。今朝は仕事場で食べると言っておうのににぎりめしをつくらせ、それも四文で仲間に売った。

「いつからお前《めえ》は金の亡者になったんだい。おうのさんはああいう人だから、こっちが慰めても、お前《めえ》の軀が心配だと言うだけで愚痴一つこぼさないけれど、お腹の中じゃ泣いているよ。当《あた》り前《めえ》さ。ついこの間までは、もうじきお前《めえ》の勘当が解けそうだというので、この近所の連中も喜んでいたっけが……」

「金兵衛さん──」

清太郎は、延々とつづきそうな吐言《こごと》を遮《さえぎ》った。

寄席は、暮の六ツ過ぎからはじまって、五ツ半（午後九時頃）頃に終る。家に辿《たど》り着くや否や、おうのの顔さえもろくに見ず、寝床にもぐりこむのだが、夏は暮六ツから明六ツまでの時間が短いので、眠ったと思う間もなくおうのに揺り起こされる。疲れの残る軀をひきずって仙台堀へ行き、昼めしを食べずに荷を揚げて、日暮れば長屋の土間で行水を使って寄席へ行く。毎日が切れ目なくつづいているようで、黙って上り框に腰をおろしていると、空《す》き腹《はら》にみそ汁のにおいがしみてくる上に眠気がさしてきて、目がまわりそうになるのだった。

「金兵衛さん、頼むよ。豆腐を売らせてくんねえな」

「断るね」

金兵衛は、にべもなかった。

「いったい、どうしてそんなに金が要《い》るんだよ。高利貸しの手先みたような真似をしやがって。そのお蔭で、おうのさんがどんな目に合ったか知ってるのか。お前《めえ》が取り立てに行った家のおかみさんに、石をぶつけられたんだぜ」

さすがに清太郎は口を閉じた。

「俺や差配の弥太右衛門さんのように、おうのさんをよく知っている人間ばかりならいいさ。が、中には、おうのさんもお前《めえ》と一緒に金の亡者になったと思ってる奴もいる。ここらを廻ってゆく魚屋なんざ、おうのさんに口もききゃしねえ」

「だから」

清太郎は、呟《つぶや》くように言った。

「だから、唐木屋へ帰れと言ったんだ」

「清太さん。お前《めえ》、正気か」

「金兵衛さんからもおうのに言ってくんなよ。唐木屋へ帰るようにって。あんな亭主のそばにいて、苦労することはねえってさ」

清太郎は、両の頰を叩きながら立ち上がった。みそ汁のにおいのせいか、時折、目の前が暗くなったり明るくなったりしていた。

「帰《けえ》るのかい？」

清太郎は、ちょっとためらった。が、どうせわかってしまうことだった。

「高利貸しの婆さんの家へ、仕事を貰いに行くのさ」

金兵衛の顔色が変わった。

「この唐変木《とうへんぼく》。二度とこの店へ入《へえ》って来るんじゃねえぞ」

「金兵衛さんが呼んだから、入《へえ》って来たんだぜ」

「帰《けえ》れ。うちの豆腐はおうのさんに食わせても、お前《めえ》にゃ決して食わせねえぞ」

清太郎が雨の中へ飛び出すと、店の戸が閉まった。道が妙に暗く見えたが、曇り空のせいだと思った。

清太郎は、わざとぬかるみをよって歩き出した。

この二月《ふたつき》の間に、銭は千五百文まで溜まっている。寄席の下足番や貸金の取り立てを引き受けて働くほかに、普請場で木片を拾ってきて湯を沸かす薪代を浮かせ、その湯で行水をつかって、節約した湯銭を竹筒に放り込んで溜めた千五百文だった。

だが、千七百二十文の銭が溜まる頃には、清太郎の花火を見てくれる者は一人もいなくなるかもしれなかった。銭を溜めるようになってからの、清太郎の評判はひどく悪い。ことに貸金の取り立てを引き受けてからは、挨拶をしても横を向く者が多くなった。差配の弥太右衛門でさえ、苦々しげに目をそらすのである。

弁当を売ってくれと頼みにくる人足仲間にしても、六文という値の安さにひかれてくるだけで、弁当箱を清太郎に返したあとは、「あのばかが――」と嘲笑《あざわら》っているらしい。

花火の金を溜めると聞かされて、やめてくれと泣いたおうのも、近頃は何も言わなくなった。唐木屋へ帰れと叱りつけても、目を伏せているだけで言い返しもうなずきもせず、その翌日も黙って弁当をつくって渡し、行水の湯を沸かして清太郎の帰りを待っている。寝床に入っても、眠っているのかいないのか、清太郎の背に縋《すが》りつくのは勿論、清太郎の方へ寝返りをうつことすらしなかった。

俺は、ばかなことをしている。

そう思う。食う物も食わず、人から嫌われて、やろうとしているのは、たった一発の花火を上げることだ。

木戸番小屋のお捨の顔が脳裡《のうり》に浮かんだ。おうのがお捨に会ったと言ってから、しばらく木戸番小屋へ足を向けていないが、やはり、花火の話をするのはお捨しかいない。

清太郎は走り出した。

小屋の戸は開いていた。中をのぞくと、姉様《あねさん》かぶりのお捨が土間を掃いている。

「あら――」

お捨の声は聞えたが、急に目の前が暗くなった。

「どうしたの。しっかりして、清太さん」

「お捨さん。俺、花火を上げてえんだ」

お捨の白い手が、清太郎を抱き起した。

「今年の納涼中に、必ず上げてみせるよ」

「花火の話をしなくっても、打ち上げる時は必ず知らせてくれると思っていましたよ。見に行きますとも」

「よかった――」

もう安心だと思った。少なくとも一人は、清太郎の花火を見てくれる。一眠りしてから、高利貸しの家へ行こう。そう思ったとたん、お捨の声も遠くなった。

清太郎の花火は、八月二十七日に打ち上げられた。赤い火の花弁が地上へ向かって開くような禿菊《かむろぎく》だった。

笑兵衛は、二艘の屋根舟を仕立てた。そのうちの一艘には、笑兵衛夫婦のほかに、お捨がひきずるようにして連れて行ったおうのが乗ったらしい。もう一艘には、金兵衛親子と弥太右衛門が乗ったようだ。今夜の木戸番と自身番は、どこかの差配が、弥太右衛門の差入れの酒と鰻《うなぎ》をたいらげながら勤めていることだろう。

清太郎は、両国橋から自分の花火を眺めた。橋を埋めた人々は、清太郎の花火に「玉屋――」と声をかけ、川下から鍵屋の花火が上がると、反対側の欄干近くへ行こうとして揉《も》み合いながら歓声をあげた。

清太郎は、夜空に菊を描いた自分の花火が一瞬の間に消えると、すぐに欄干から離れた。考えていたほどの充足感も感慨もなかった。

清太郎は深川へ向かって歩き出した。花火を打ち上げる音がしきりに聞え、たちならぶ家の二階や物干台から歓声が聞えてきたが、ふりかえりもしなかった。

長屋へ帰るつもりだったが、ふと気が変わって、大島川の土手にのぼった。花火で賑わうこともない川が、いつものように流れていた。

清太郎は、土手のくさむらへ仰向《あおむ》けに寝た。隅田川の花火は、まだつづいている。首を曲げると、消える直前の火の残映が見えた。

「これで終りだ――」

明日からは、ただの荷揚げ人足だ。荷揚げを終えたら湯屋へ行って、さっぱりしたものに着替え、木戸番小屋へ礼を言いに行く。そのあとで、おうのにも礼を言おう。昨日までは、伊八への意地で、唐木屋へ帰れと言っていたので、おうのも意地を張って帰らなかったにちがいない。

「何もかも、終りだな」

明日で今年の納涼も終る。二度と清太郎が花火を上げることはない。そして、おうのと暮らすことも、花菱へ戻って袋物問屋の若主人となることも。

風が通り過ぎていった。涼しい風だった。いつの間にか、むし暑さが軀にまつわりつく季節も通り過ぎていた。

足音が聞えた。かまわずに寝ていたが、立ち止まって清太郎を見つめているらしい。半身を起こすと、月明りの中にお捨とおうのが立っていた。

「ほら、清太さんですよ。それじゃ、わたしは帰りますからね」

お捨は、土手を降りて行こうとして清太郎をふりかえった。

「清太さんが家に帰っていないって、おうのさんは泣きべそをかいたのよ」

「嘘ですよ」

おうのが両手で頬を押えた。お捨は、転がるような笑い声を残して土手を降りて行った。

おうのと向かい合っているのも何かしら息苦しく、清太郎はまた、仰向けに軀を倒した。目を上へ向けると、おうのが見える。おうのは、まだ落着かぬようすで立っていた。

「早かったな」

と、清太郎は言った。声がかすれていた。返ってきたおうのの答えもかすれていた。

「清太さんの花火を見て、すぐに帰って来たから」

花火の音が聞えた。

「突っ立っていねえで、坐んねえな」

おうのは素直に腰をおろした。膝の上に置いた手が、小さな包みを持っている。

「何を持っているんだ」

「おからの稲荷鮨《いなりずし》。油揚におからを詰めてあるの」

「舟で、そんなものを食ってたのか」

「屋根舟を仕立てたり、木戸番や自身番のお当番を替わってもらった人に鰻を買って上げたりしたら、本物のお鮨を買うお金がなくなってしまったんですって」

「ふうん――」

「うちのお父《とっ》つぁんが聞いたら、ばかなことをするって言うかもしれない」

また花火が上がった。おうのは横を向いて、その花火の跡を眺めながら言った。

「きれいだったわ、清太さんの花火」

「そうかな」

「見ているうちに、何だかせつなくなって……」

「ふうん」

「ねえ。――わたし、唐木屋へ帰らなくってもいい？」

突然尋ねられて、清太郎は答えに詰まった。おうのは、もう一度同じことを尋ねた。

「そりゃあ、……俺はかまわねえが」

伊八はどうすると口先まで出かかったのを、清太郎は辛《かろ》うじて飲み込んだ。

急にこわばってきて、あちこちがきしみそうな軀を起こすと、おうのが「食べる?」

と言った。

膝の上の包みを眺めている。おうのも、意識して清太郎と視線の合うのを避けているようだった。

「おからの稲荷鮨か」

「食べてみると、案外においしいの」

「毎日おからばかりで、見るのもいやだと言っていたくせに」

おうのの手が包みを開いた。清太郎は、煮汁《にじる》のよくしみている鮨をつまみあげた。

「おいしかったら、うちでもつくってみます」

ちらと、清太郎はおうのを見た。ちょうど顔を上げたおうのと目が合って、清太郎は、何ということもなく口もとをほころばせた。おうのも笑って、ほつれた髪をかきあげている。

清太郎は、深い息を吐いた。おうのがなぜ、働き者の伊八より、花火のような他愛もないものにのめりこんだ清太郎と一緒にいる気になったのかわからなかったが、ほっとした気持だった。

「もう一つ、食おうかな」

「よかったら、みんなお上がんなさいな」

なぜ清太郎と一緒にいる気になったのか、ことによると、おうの自身にもわかっていないのかもしれない。が、清太郎に膝の上の稲荷鮨をつまませて、髪をかきあげている姿はまぎれもなく清太郎の女房のものであり、伊八の女房のものではなかった。

明日、礼を言いに行ったあと、清太郎が木戸番小屋へ行くこともしばらくはなさそうだった。

坂道の冬

地響きがした。自分でもそう思った。

お捨《すて》の住居《すまい》の木戸番《きどばん》小屋と、井戸のある炭屋の裏口の戸が、同時に開いた。

「どうした」

「どうしなすった」

木戸番をしている夫の笑兵衛《しょうべえ》と、炭屋の主人が駆け寄ってくる。

「まあ、どうしましょう。驚かせてごめんなさい。転んで尻餅をついてしまって――、いえ、大丈夫ですよ。一人で立ち上がれます」

朝まだき、次第に消えてゆく煙のような薄闇の中から、河岸《かし》へ駆けて行く魚屋らしい足音が聞えてくる。

番小屋裏の路地は、昨日の霜どけでぬかるんだまま凍りついていて、水を汲《く》みに出たお捨は、その凸凹《でこぼこ》につまずいたのだった。しかも、凸《でこ》の方で腰の骨を打ったらしい。

この大きな軀《からだ》を、お尻で支えてしまったのですものねえ。

お捨は妙なことに感心しながら、ふっくらと太った軀を精いっぱい縮めて立ち上がった。

川の音が聞えていた。

「ずいぶん、つめたそうな音になりましたねえ」

「うむ。――それより、大丈夫か」

「大丈夫ですよ。でも、すみませんが、もう少し待って下さいね。もう少しで治りますから」

「無理はしない方がいい」

「大丈夫、治りますよ。今日は、あの子の祥月《しょうつき》命日ですもの」

お捨は微笑してみせたが、すぐに目を閉じて、白い額にふっくらとした手を当てた。痛みをこらえているらしい。また、川音が聞えてきた。

深川は、川や堀割の多いところだが、ことに中島町は三方を川でかこまれていて、町名もそこからつけられたという。東側に黒江川、西側に仙台堀の枝川、南側に大島川が流れていて、木戸番小屋は、枝川と大島川が一つになって隅田川にそそぎこむ、町の西南の角にあった。

絶え間なく川音が聞えていても不思議はないのだが、これほど長い間、小屋の中が川音だけで占められていたことはない。笑兵衛を自身番屋《じしんばん》へ追い出して、お捨が掃除をはじめれば川音など気にならなくなるし、澪通りを荷車がきしんで通り過ぎることもある。炭屋の女房は、味噌をきらしたと借りに来たついでに子供の自慢をしてゆくし、第一、お捨が澪通り《みおどお》で遊ぶ子供達を見てはころころと転がるような声で笑い、油売りの下手な冗談にさえいつまでも笑いころげていた。

「あの子が死んだ日は、寒うございましたねえ」

「うむ――」

ただでさえ口の重い笑兵衛が、唇を閉じたまま返事をして、長火鉢の炭火をかきたてる。川の音が高くなったようだった。

あの子、――お花は、笑兵衛とお捨のたった一人の子供だった。

当時、笑兵衛は、もっとも手軽にはじめられる塩売りとなっていたが、今よりもなお無口で不愛想で、塩を手早く桝《ます》に入れて、ふわりとはかることも知らなかった。手早くふわりと桝に入れれば、多少山盛りにしても損の出ることはないものを、ていねいに入れてはかるので、いつも仕入れた量より売る量が少なくなってしまうのだった。

銭《ぜに》を握りしめ、情けなさに唇を嚙《か》みしめて戻ってくる笑兵衛に、要領よく働けと言う方が無理だった。お捨も、他人《ひと》の着物の縫い直しをひきうけた。今は勝次の女房となっているおけいのように、月の明りをたよりに夜更《よふ》けまで針を動かしていたものだった。

お花をみごもったとわかっても、お捨は縫い物をやめなかった。否《いや》、みごもったとわかったからこそ、産着《うぶぎ》や玩具《おもちゃ》の一つも買ってやりたくなって、なおさら縫い物に精を出した。疲れがたまって、目がかすんで見えないことさえあったが、笑兵衛にも黙っていた。

お花が、乳を飲む力すらない弱い子に生れついたのは、そのせいにちがいなかった。あの小さな軀で、幾度高熱を出したことだろう。

わたしのせいだ――と、お捨はお花を抱きしめて泣いた。笑兵衛は何も言わず、たださぶしで涙を拭っていた。

笑兵衛が商売替えをしたのは、その時だった。お花を医者に診《み》てもらいたい一心で塩売りをやめ、よい儲《もう》けになるという小間物売りをひきうけたのである。

が、珊瑚《さんご》や鼈甲《べっこう》を見せて注文をとってくるその商売は、詐欺にひとしいものだった。笑兵衛は借金をして、安物の櫛《くし》や簪《かんざし》を売りつけた人達に金を返してまわり、お花は、よい医者に診てもらえぬまま五歳になった。

高熱を出してはひきつけを起こしていた子が、満足に成長できるわけがない。いつまでも足のしっかりしなかったお花は、四歳になってようやく歩きはじめたが、五歳になっても口がきけなかった。始終原因のわからぬ熱を出す上に、駆けくらべもできず、口もきけぬ子供である。子供どうしの遊びの中には入れてもらえず、めったに外へ出ることもなかったのだが、どこでうつってきたのか咳《せき》をしはじめた。雪もよいの、空気が凍りついたように寒い日だった。

お花は、たちまち高熱を出した。苦しいとも熱《あつ》いとも言えぬ子だったが、枕をはずして頭を左右にころがしていたのは、よくよく辛《つら》かったのではなかったか。息をひきとったのは、その翌日、笑兵衛がひきずるように連れてきた医者の帰った直後だった。

何のために生れてきたのだ、あの子は——。

熱を出して苦しい思いをして、いやいやをしながら苦《にが》い薬を飲まされるために生れてきたようなものではないか。

笑兵衛が酒を飲みはじめたのも、今思えば無理はない。が、その時は、酒で憂《う》さを晴らすことのできぬお捨とつかみあい寸前の喧嘩となり、お捨は真剣に死ぬことを考えたものだった。——

「どうした、痛むのか」

と、笑兵衛が言った。

「いえ、お蔭様で治ってきましたよ」

お捨は、口もとだけで笑った。あの頃のお捨が転んだなら、骨にひびが入っていたかもしれない。当時のお捨は、今とは別人のように痩せていた。

「年齢《とし》ですかねえ、あんなところで転ぶなんて」

「そりゃ年寄りになれば、誰だって足もとが覚束《おぼつか》なくなるさ」

「いやですよ、あなた。わたしは、まだまだ若女房のつもりなのですから」

笑兵衛は苦笑した。お捨は、首をすくめて笑った。片頰に深いえくぼができた。

「痛むなら、墓参りは明日にしてもいいんだよ」

「わたしは大丈夫ですよ。あなたこそ、お眠いでしょうに」

夜廻りが主な仕事で、昼と夜とを逆にして暮らしている笑兵衛は昨日も朝飯を食べたあと床《とこ》に入り、昼の八ツ半（三時頃）近くに目を覚ましてからずっと起きている。お捨は笑兵衛が働いている間に眠り、笑兵衛の眠っている間にささやかな商売をしていた。町内から木戸番に出る手当では暮らしてゆけぬので、小屋の土間を利用して、草鞋《わらじ》や手拭いなどを売っているのである。

「出かけましょうか」

とお捨は言って、笑兵衛の手からそっと火箸《ひばし》をとった。消えかけていた炭火を、丹念に灰の中へ埋める。それからそろそろと、用心深く立ち上がった。

笑兵衛は先に土間へ降りて、お捨の草履《ぞうり》をそろえた。降りようとするお捨に、手を貸してやる。お捨は若い娘のように頰を染め、笑兵衛は、照れくさそうに眉間《みけん》へ皺《しわ》を寄せて横を向いた。

外へ出た。向かいの自身番屋の前で、町内のこまごまとした事務を担当する書役《しょやく》と、交替で自身番に詰める差配《さはい》の一人、弥太右衛門が立話をしていた。空はきっぱりと晴れ上がる気配を見せ、番屋の屋根に陽が当っていた。

弥太右衛門は二人に気づくと、手をうしろで組んだ軀を左右に揺すって駆けて来た。

「お早よう、笑さん。もうお出かけかい」

「お早よう。谷中《やなか》の遊行寺《ゆぎようじ》へ墓参りさ。すまないが、留守を頼むよ」

「ああ。ゆっくり行っておいで」

笑兵衛は、書役へも丁寧に挨拶をしているお捨を促《うなが》して歩き出した。弥太右衛門は、その後姿を見送って番屋の前へ戻った。

「まったく、笑さんが羨《うらやま》しいよ」

と、大仰《おおぎょう》に溜息をつく。

「きれいな女は幾らもいるが、お捨さんのように品のいい人はめったにいるものじゃない。お捨さんを見てからうちの婆さんを見ると、がっかりするよ」

書役は、弥太右衛門が横を向いた隙に首をすくめた。笑兵衛と弥太右衛門では人品《じんぴん》骨柄《こつがら》が違うと思ったらしい。笑兵衛夫婦については、日本橋の大店《おおだな》の主人夫婦だったとか京の由緒ある家の生れだとか、さまざまな噂があったが、書役は自分の眼力を信じ、二人は武家の出にちがいないと思っていた。

上野池端《いけのはた》から谷中へ向かって、おていは重い足をひきずって歩いていた。

池端には、万能薬錦袋円《きんたいえん》と格子づくりの店構えで有名な勧学屋やら、贅沢《ぜいたく》な煙草入れや鼻紙入れをつくる袋物問屋の越川《えちかわ》やら、名の知れた店が軒を並べていて、その賑《にぎ》わいを見ているだけでも飽《あ》きないのだが、谷中は、右を見ても左を見ても寺ばかりだった。

おていとは一つ違いの従妹《いとこ》、おちかの家は池端にある。麹町《こうじまち》や芝の方からも買いに来る人がいるという足袋《たび》問屋で、客や足袋職人や木綿問屋などが、めまぐるしいほど出入りしていた。

が、おていの家は谷中にあった。墓参に訪れる人達に一束《ひとたば》三文の花や樒《しきみ》を売る、遊行寺門前の花屋がおていの家だった。

おちかが羨《うらやま》しいと、おていは思う。十二年前は、おちかもおちかの母のおつなも遊行寺門前の家にいた。おていの母のおれんとおつなは姉妹で、同じ頃に夫を亡くし、おれんは六歳の、おつなは五歳の幼い娘を抱えて、三畳一間《ひとま》の狭い家に身を寄せ合ったのだった。

叔母や従妹と軀を触れ合うようにして寝るのが嬉《うれ》しくて、夜になるとはしゃぎまわった記憶があるが、それも長くは続かなかった。根津の料理屋へ働きに出たおつなが、池端の足袋問屋、笹屋多喜右衛門《たきえもん》に見染められ、後添《のちぞ》いに入ることになったのである。

一月《ひとつき》あまりたって、叔母のおつなと遊行寺門前の家をたずねてきた従妹のおちかは、人形のように着飾っていた。多喜右衛門の子は三人とも男なので、連れ子のおちかを猫可愛がりに可愛がるのだという。

気苦労が多くて――と、おつなは挨拶より先に愚痴をこぼし、時刻ばかり気にして匆々《そうそう》に帰って行った。おれんは、だから分不相応な家へは嫁《ゆ》かぬ方がよかったのだと妹のために嘆き、母子二人、無事に穏やかに暮らしてゆけるのが身にしみてありがたいと仏に手を合わせた。数年後、おつなを通して笹屋の知り合いの後添いに入らぬかという話があった時も、即座に断ったくらいだから、心底からそう思っているのだろう。

お蔭でわたしは病いがちな母親を抱え、どこかの若旦那に見染められるかもしれない料理屋で働くこともできずに、谷中で三文花を売るようになってしまったと、おていは恨めしく思っていた。母のおれんが笹屋の知り合いの後添いとなっていたら、少なくとも今日のように、笹屋の店先から追い返されることはなかった筈だ。たずねて行ったおちかが留守で、おていは叔母のおつなに店の外へ連れ出され、「来てはいけないとは言わないけれど、お店に迷惑がかからないようにしておくれ」と言われたのだった。粗末な身なりの娘が馴々《なれなれ》しく奥へ入って行こうとするのを、おそらく番頭や手代が苦々《にがにが》しげな目で見ていたのだろう。

賑やかな根津権現の門前町を過ぎてから右へ折れ、小役人の屋敷が並ぶ坂道をだらだらと下りて行く。年をとった下男がどぶ掃除をしているほかは、人影もない。坂道を下りきると、谷戸川《やとがわ》とも境川ともいう小川が流れていて、川沿いにぬかるんだ道がつづいていた。

おていは、裾《すそ》を端折《はしょ》って歩き出した。上野の方角を背にして右側に柵でかこまれた法住寺の広い境内が広がり、左側は小川の向こうに枯草の生い茂る湿地が広がって、その先に妙林寺の屋根が見える。右が谷中、左が千駄木《せんだぎ》の坂下で、水はけが悪い上に霜どけでぬかるむこの道からは、左右どちらへ行くにしても坂道をのぼらねばならなかった。

滑るまいとして夢中で歩いてきたおていは、法住寺のはずれでふと顔を上げた。

ふっくらと太った大柄な女が、柵に寄りかかっている。そのそばで、がっしりとした軀つきの夫らしい男が、三崎坂《さんさきざか》とも首振り坂とも呼ばれる坂道を眺めていた。

「あら——」

おていは、ぬかるみに足をとられながら急いで近づいた。師走《しわす》上旬のこの日には、必ず遊行寺へ墓参に訪れる夫婦であった。

「ご気分でもお悪いんですか」

「まあ、おていさん——」

お捨は、恥ずかしそうに微笑した。転んで打ったところが、ここへ来て急に激しく痛み出したのだという。

おていは、お捨に背を向けて蹲《うずくま》った。

「おんぶは駄目かしら。ここは寒いから、冷えてよけいに腰が痛くなっちまうかもしれません」

「とんでもない」

お捨は、驚いて両手を振った。

「わたしをおぶったら、おていさんがつぶれてしまいますよ」

おていは笑い出した。

「大丈夫、これでも力持ちなんですから。せっかくいらしたんですもの、ゆっくりお参りなすって、それからうちでお休み下さいな」

「ありがとう。でも、婆さんはわたしが背負うよ」

と、笑兵衛が言った。

「さっきもそう言ったのだが、きまりがわるいと駄々をこねてね。おていさん、すまないが、この包みを持って下さらんか」

笑兵衛は、おていに小さな風呂敷包みを渡してお捨に背を向けた。お捨は耳朶《みみたぶ》まで赤くして、笑兵衛に寄りかかった。

「重いなあ」

「転ばないで下さいよ」

「いいじゃないか、一蓮托生《いちれんたくしょう》だ」

笑兵衛は、お捨の大きな軀を揺すり上げた。おていは片手でお捨の背を支え、笑兵衛の足どりに合わせてゆっくりと歩き出した。

笑兵衛夫婦は、おていのいれた茶をうまそうに飲んで帰って行った。

二人が長い間手を合わせていた墓石には、幼い子供のものと思われる戒名《かいみょう》が刻まれていて、没年はおていが生れる五年前になっている。夫婦はおてい達が谷中へ来る以前に遊行寺で花を売っていた老人とも親しくしていたらしく、その老人が、子供を亡くした時の憔悴《しょうすい》しきった夫婦のようすを話してくれたことがある。夫婦は、二十三年間、この日は欠かさず墓参に訪れているようだった。

上野の鐘が八ツ（二時頃）を知らせていた。烏《からす》が舞い降りてきては飛び立つので、また野良猫をいじめているのではないかと、おていは樒《しきみ》を入れた樽の間から外へ出た。猫はいなかった。烏の飛び立ったあとに寺の門が短い影を落とし、おていの下駄の下で砂利がきしんで鳴った。

花屋は、遊行寺の土塀へ寄りかかるように立っている。家の中には入りきらない盥《たらい》や貼板《はりいた》や漬物の樽までが裏口に並んでいて、境内の松風や読経の声とは無縁の、生々しい暮らしのにおいがたちこめていた。

おれんが、手桶をさげて寺の中へ入って行った。水を貰《もら》いに行ったのだろう。

何気なくふりかえると、土塀の陰から従妹のおちかが顔を出し、しきりに手招きをしていた。おていは寺の中をのぞきこみ、おれんが住職と立話をしているのを確かめてから、おちかの手招きにうなずいた。

「どうしたの？　せっかく銀次さんのことづけを持って笹屋へ行ったのに」

「堪忍。踊りのお師匠《しょ》さんが急に具合が悪くなって、お見舞いに行けとお父《とっ》つぁんに言われたものだから」

おちかは、両手を合わせて詫《わ》びた。

「おてい姉さんが来たとおはるが教えてくれたから、仲良しの家へ遊びに行くと嘘をついて家を出て来たの」

「また？　もういい加減に嘘をつくのはおよしなさいよ」

「しかたがないじゃないの。で、銀次さん、何て言っていた？」

今のおちかには、母親の叱言《こごと》などまるで耳に入らぬのだろう。銀次恋しさに、おちかの軀はしっとりと露を含んで、おていには、それが匂いたつようにも、娘のくせに――と疎《うと》ましくも見える。

銀次は、千駄木の植木職人の伜《せがれ》だった。境川をはさんで首振り坂の向こう、団子坂《だんござか》の上に家があり、おちかが遊行寺門前にいた頃は、妙林寺裏の空地でよく泥まみれになって遊んだものだ。おちかが笹屋の娘となったあと、銀次も修業のために父親の知り合いにあずけられ、十年たった一昨年、千駄木へ帰ってきた。

父親は笹屋出入りの職人で、千駄木へ帰ってきてから銀次も笹屋へ顔を出すようになったらしい。色の浅黒い無口な若者となっていた銀次は、おちかに会っても怒っているように顔をそむけたという。が、一度、おちかが縁側で花を活《い》けているところへ来合わせてからは、時折、まだ露に濡れている花が縁側にのっているようになったそうだ。

二人きりで会いたいと言い出したのは、おちかの方だった。銀次が断る筈がないと、おちかは信じていたと言った。

「銀次さんがわたしに惚れてるなんて、自惚《うぬぼ》れてたわけじゃないのよ。でも、何だか銀次さんとそうなるのが当り前みたような気がして――。わたし、やっぱり建具職人の娘なのよ。大店のおかみさん向きじゃないの」

掌《て》を合わせ、熱に浮かされたように喋《しゃべ》るおちかは、女のおていが見てさえ可愛いと思う時があった。二人きりで会って――と掌を合わせられた銀次は、その場でおちかに触れたい気持を抑えるのが精いっぱいだっただろう。返事もせずに、荒く重苦しい息を吐いていたという。その夜の銀次の頭は、おちか愛《いと》しさと出入りのお店《たな》への遠慮とで、割れるように痛んだにちがいない。

おちかは、翌日も、植木の手入れをする銀次の梯子《はしご》の下に立ったそうだ。銀次はあわてて梯子を降りてきて、「明日、法住寺で——」と答えたという。

一晩考えぬいての返事だったのだろうが、おちかは、まるで屈託がなかった。母親にはおていに会いに行くと言い、法住寺の境内で銀次に会ってから、母親に嘘をついたことにならぬよう、おていに会いに来たのである。

「聞いてちょうだい、おてい姉さん。二人きりで会って——と言った時はあんなに迷っていたくせに、男の人って、そうなるとせっかちね」

「おちかちゃん、まさか……」

「いやな、おてい姉さん。それは心配しないで下さいな。でも、わたし、銀次さんのおかみさんになるの。そう決めたの」

以来、おちかは、たった一人秘密を打明けたおていから銀次のことづけを受け取って、ひそかに銀次と会っている。もう半年以上になるだろう。銀次は、おちかを連れて逃げねばならぬ時のことも考えはじめているようだった。

「ねえ、銀次さん、いつ会えるって？」

「さあ、いつでしょう」

「意地悪――」

おちかは、おていを打つ真似をした。

「意地悪すると、教えてあげないから」

「何を？」

「卯三郎さんが、おてい姉さんに会いたいんですって」

「嘘」

「嘘じゃありません」

おていは、おちかのこぶしを両手でくるんだ。卯三郎はおちかの許婚者《いいなずけ》で、池端の小間物問屋、三桝屋《みますや》の総領息子である。商家の総領にはめずらしい磊落《らいらく》な人柄や、きりりとした風貌に惹《ひ》かれてはいたが、まさか先方が三文花を商《あきな》う女に興味をもったとは思っていなかった。

「ねえ、銀次さんは、いつ会ってくれるって言ったの」

「明後日《あさって》。でも、今日、呼び出してあげようか」

「ほんとに？」

おちかは、こぶしをくるんでいるおていの手の上に、また手をのせた。

「ほんとよ。寒いけど、法住寺で待ってらっしゃい。おっ母《か》さんにはお団子を買いに行くと言って、銀次さんを呼びに行ってあげる。今日は家にいる筈だから」

「嬉しい——。卯三郎さんに、おてい姉さんはいい人だと言っといてあげる」

言い捨てて坂道を下りはじめたおちかの長い袂《たもと》が、不意に吹きおろしてきた風に、背よりも高く翻《ひるがえ》った。


雪もよいの寒い日で、傘を持たずに出て来たのを悔んでいたのだが、とうとうちらつきだした。おていは手拭いを頭にかぶり、足袋をはかぬ爪先を赤くして、小走りに道をいそいだ。一月《ひとつき》ぶりに、しかもゆっくりと、卯三郎に会えるのだった。

だが、柳橋を渡ったところで急におじけづいた。

おていは、雪を積もらせた栈橋を川へ突き出して並ぶ船宿を眺めた。

一番手前の門口に、川崎屋と書かれた行灯《あんどん》が掛けられていて、卯三郎はそこで昼前からおていを待っている筈なのだが、屋根舟、猪牙《ちょき》、荷足《にたり》と筆太に記された腰高障子はぴったりと閉ざされている。ここは金に不自由せぬ男の来るところ、そういう男達を夢中にさせるとびきり美しい女の出入りするところ——と言われているようだった。戸が閉まっていようと開いていようと、屈託なく入って行くにちがいないおちかが羨《うらやま》しかった。

会わずに帰れるわけもなく、おていはしばらく佇《たたず》んでいたが、誰も出てくる気配はない。思いきって、障子を開けた。

鉤《かぎ》の手に曲がった広い土間に磨き込まれた板の間がつづき、板の間の左手に階段がある。人の姿は見えず、おそるおそる案内を乞《こ》うたが返事もなかった。ただ、板の間の奥に小座敷があるらしく、そこから笑い声が聞えてきた。

おていは声を張り上げた。奥の座敷の唐紙《からかみ》が開き、二階からも船頭らしい男が降りてきた。

「あの、――」

おていは、悪いことでもしたように軀を縮めた。

「三桝屋の若旦那が……」

「おう。ここだ、ここだ」

板の間へ出て来た女将《おかみ》が答えるより先に、卯三郎が奥の座敷から顔を出した。

「あの通り、お待ちかねですよ」

こぼれ松葉の模様の裾を引いて、女将が滑るように歩いてきたと思うと、白い手が、ぼんやりと立っているおていの前に差し出された。

「さ、どうぞ」

女将に手を引かれて上がった板の間は、凍《こご》えている足よりもつめたかった。

おていの知っている贅沢《ぜいたく》な部屋は、遊行寺の本堂と笹屋のおちかの居間だけで、奥の小座敷を区切る青海波《せいがいは》の唐紙や、床の間の横の小粋《こいき》なつくりの違い棚は、おていの気持をうわずらせるに充分だった。

「お炬燵《こた》へお入りなさいましな」

と言ったのは、女将だったのか。おていは、酒を運んできた女中を意味もなく見つめていた。

「寒かっただろう?」

卯三郎の声だった。我に返ると、おていは閉めきった小座敷の炬燵で、卯三郎と向かいあっていた。

「飲んでみるかえ? 暖まるよ」

猪口《ちょく》を出されたが、おていはかぶりを振った。言いたいことがあったような気がした。

「あの、この間はすみませんでした」

妙に甲高い声になったように思えた。

「そうそう、天神様の境内で、待ち呆《ぼう》けをくわされたっけ」

「ほんとに、ごめんなさい」

「おちかさんから聞いたよ。おっ母さんの具合が悪かったんだってね」

「急に熱を出したものだから。放っとくわけにもゆかなくて」

「当り前だよ。いいよ、気にしなくても。言われなけりゃ、十日も前のことなんか忘れていたよ」

炬燵の暖かさが、ようやく膝にしみてきた。

「あの、――お酌をしましょうか」

「嬉しいねえ」

卯三郎が猪口を出し、おていは、おずおずと銚子を持った。

浅黒い卯三郎の腕に、織目の詰んだ紬《つむぎ》の袖《そで》がかかっている。男の人はせっかち――と言ったおちかの声が耳の底に響いて、その手が猪口を放り投げ、おていを引き寄せるのではないかと思ったが、卯三郎は、ゆっくりと猪口を口もとへ運んだ。

卯三郎にはじめて会ったのは、おちかを連れて谷中へ帰って来る途中、根津権現へ寄り道をした時だった。三月《みつき》ほど前のことになる。

おちかはすでに、銀次のおかみさんになったと言っていた。おちかの母のおつなに黙っていてよいのだろうかと気を揉んでいたところだったが、驚いたことに、卯三郎もそのことを知っていた。

「だって——」

と、おちかは、参詣の人がふりかえるほどの大声で笑ったものだ。

「卯三郎さんがお聞きなんですもの。まだか——って」

卯三郎は、苦笑しておていを見た。

「あぶなっかしくって、見ていられなかったのですよ。銀次さんというお人が、よさそうな人だから安心したのですが」

おていは、目をしばたたきながらうなずいた。大店《おおだな》の跡取りとは思えない、卯三郎の浅黒くひきしまった顔立ちがまぶしかった。

「もう三月《みつき》、いや四月《よつき》ぐらい前のことになりますかね。どうしてもわたしとは一緒になれないと、思いつめた顔で言ってきたのですよ。こちらは親どうしが決めた許婚者《いいなずけ》で、はっきり言えば、わたしもおちかさんを女房にする気にはなれないでいた。都合はよかったのですが、物事には順序があると言っているのに、いきなりおていさんを口実にしての谷中通いですからねえ」

女房にする気にはなれなかったと言いながら、おちかへ向けた顔が心配そうであったのを、おていは、針で胸を刺されるような妬ましさで見たのを覚えている。

「そのうちにわたしが好きな女に子供を生せて、おちかさんを女房にできなくなりましたと、笹屋へあやまりに行こうかと考えているんです」

「まあ、お上手だこと」

即座におちかは言った。

いったい、どうすればおちかのように屈託なくふるまえるのだろう。

「卯三郎さんが好きなお方に子供を生せたら、何人の赤ちゃんが生れるのかしら」

その数日後、卯三郎は、近くの寺へ墓参りに来たと言って、おていの店へ立ち寄った。

「根津から谷中まで帰る間には、たっぷりわたしの悪口を聞かされたことだろうなあ」

あれはやはり、自分の女遊びについておちかが喋らずにはいまいと気になって、その言訳けに来たのだろうか。

おちかは、水茶屋の女や娘義太夫の名を次々にあげ、皆、卯三郎の女だと言った。半信半疑ではあったものの、それでもきっぱりと否定してもらいたいおていの胸のうちには気づかぬ風《ふう》で、卯三郎はひとことの弁解もせず、花を買って坂道をのぼっていった。おていは、その後姿をいつまでも見送って、あの人はわたしなどにどう思われていようとかまわないにちがいない、おちかの告げ口を嘘だと言う気があるのなら、道案内を口実にわたしを誘ってくれた筈だと、ためいきをついたものだった。――

その卯三郎が今、目の前にいるのである。

おちかのはからいで、茶屋で休んでいる卯三郎に煙草入れを届けたこともあれば、簪を買いに行くというおちかの供をして、三桝屋へ行ったこともあった。何もかも卯三郎としめしあわせてあったらしく、茶屋で休んでいた卯三郎は、途中までおていを送ってきてくれたし、三桝屋の店先にいた卯三郎は、自分が考案した小菊挿しという簪をおていの手に握らせてくれたが、いつもそばには人がいた。

おていは、ふたたび差し出された猪口に酒をそそぎながら、気が遠くなるのではないかと思った。これから起こるかもしれない光景が、目の前に浮かんでは消え、消えては浮かんできた。

唐紙が細く開き、女将が卯三郎に目配せをした。卯三郎は、猪口を置いて立ち上がった。

「行こうか」

「どこへ」

「二階さ」

おていの軀《からだ》がかっと熱くなった。おていは俯《うつむ》いて、袂を握りしめた。

ためらうことはない筈であった。そうなることと承知で、いや、そうなりたくて来たのだし、この三月《みつき》の間、おちかから銀次との話を聞かされるたびに、卯三郎には銀次のような気持がないのだろうかと恨《うら》めしく思っていたのだった。

が、卯三郎に誘われるままにうなずいて、いそいそと二階へ上がって行ったなら、はしたない女だと思われはしないだろうか。

三月《みつき》の間も恋い焦がれて、ようやく思いがかなったというのに、それでは嫌われるために来たようなものだった。といって、二階へ行くのを拒《こば》むのも、面白くない女だと嫌われてしまいそうな気がするのである。

卯三郎は微笑した。水茶屋の女や娘義太夫と浮名を流していた卯三郎は、おていの胸のうちなど見透《みす》かしているようだった。

卯三郎は、おていの手を引いて立ち上がらせた。

「好きな娘がいると、それだけは親父にもおふくろにも話してあるんだよ」

好きな娘？　わたしのことを三桝屋の旦那とお内儀《かみ》さんに？

おていは、卯三郎を見つめた。ほんとうに気が遠くなりそうだった。卯三郎は、おていを抱き寄せて唐紙を開けた。

その音でおていは我に返ったが、頭の中は靄《もや》にかすんでいる。卯三郎は、おていを抱きかかえるようにして階段を上がった。女将《おかみ》も船頭も心得たもので、どの部屋にひきこもっているのか、ことりとも物音をたてなかった。

夜具の上に寝かされて、卯三郎のなすがままになっていたおていはふっと顔を横へ向けた。夜具の横に、とかれた帯や剝《は》ぎとられた着物がおていのぬくもりを残したまま渦を巻いていた。

おていはあわてて起き上がり、着物をたたもうとした。

「いいんだよ」

いつの間にかむきだしになっていた卯三郎の足が着物と帯を蹴り、おていは、夜具へ引き戻された。その上に、卯三郎が重たくのしかかってきた。

「いいかい？　何も心配することはないのだからね」

歯の根が合わぬほど震えながら、おていはうなずいた。これから起こることも明日からのことも、卯三郎にまかせておけばいい。おていは、かたく目を閉じた。

「怖がらないで」

怖がっているつもりはなかった。が、卯三郎は、同じ言葉を繰返す。長い時間が過ぎたように感じられた。

これが、卯三郎の女房になるということなのかと思った。卯三郎の軀から力がぬけると、おていは無我夢中で卯三郎を押しのけて、夜具から這い出した。畳の上に投げ出されていた着物が、妙につめたかった。

「おていさん……」

「いや。家へ帰るの」

「ばか――」

肩へ着物をひっかけた卯三郎が、ほんとうに帰りかねないおていを引き寄せた。

「わたしの女房になってくれるんじゃなかったのか」

ふいに涙がこぼれてきた。おていは、卯三郎にしがみついた。

「今は、何を言っても耳に入らないかもしれないが――」

卯三郎の声が、卯三郎の胸から聞えてきた。軀に残された卯三郎の跡も、気持が落着くにつれてくっきりとして、おていは、自分を抱いている男の手を、ようやく他人のものではないと感じられるようになっていた。

「でも、聞いておくれ」

おていは、卯三郎にしがみついたままでうなずいた。

「わたしはおていさんを女房にするつもりだが、両親《ふたおや》を説き伏せるのは容易なことじゃない。おていさんに子供ができても、わたしの不始末としか思やしない。おまけにわたしの不始末でも、風当りの強くなるのは、おていさんの方だ。できる限り、わたしが風避《かざよ》けになるけれど、おていさんも負けないでおくれ。いいかい、頼んだよ」

おていは、畳に両手をついていた。きずものになったと陰口《かげぐち》を言われ、母の愚痴を聞きながら一生を暮らす覚悟もしてきたおていにとって、卯三郎の言葉は身にしみるように嬉しかった。陰口と愚痴の中で暮らすことを考えれば、どんなに風当りが強くなろうと、辛抱《しんぼう》できぬわけがなかった。

「もう少し、休んでゆくかえ」

かぶりを振った。

「それじゃ、駕籠を呼んでもらおう」

卯三郎は、手早く身仕舞《みじま》いをして、階段を降りて行った。

その足音を聞きながら、おていは、ぼんやりと周囲を見まわした。まだ夢のような気がしていた。

おちかは、池端界隈《かいわい》でも裕福だと噂される三桝屋の内儀の座を捨てて植木職人のもとへ走ったが、おていは、遊行寺の庫裡《くり》へ米を借りに行くような暮らしから、裕福な三桝屋の内儀に這い上がれるのである。姑《しゅうとめ》の仕打ちに泣くこともあるだろうし、奉公人の陰口に唇を嚙むこともあるだろう。が、そんな苦労が何だというのだ。どこへ行っても苦労はある。おちかだって姑に叱りとばされるかもしれず、あかぎれの痛さに泣くかもしれないのである。おていが辛抱をすれば、卯三郎は、軀の弱い母のおれんをもう少しましな家に住まわせてくれ、医者に診せてもくれるだろう。

駕籠が来た——と、卯三郎が呼びに来た。夜具を片付けて座敷の隅に坐っていたおていは、弾《はじ》かれたように立ち上がった。卯三郎が、女将から借りてきたらしい頭巾《ずきん》をかぶせてくれる。階下は相変わらず静まりかえっていた。

障子を開ける。

雪になっていた。それも激しい降りで、道も、向かいの屋根も真白に染められている。先棒《さきぼう》が駕籠の垂《たれ》を上げようとすると、その足の下で、きしきしと雪が鳴った。

おていは、袂で顔を隠して外へ出た。

あとへ残るつもりらしい卯三郎が、「頼むよ」と駕籠かきへ酒手《さかて》を渡した時だった。

「おてい——」

向かいの用水桶の陰から、真白に雪をかぶった女があらわれた。叔母のおつなだった。

「何ということをしてくれるの」

船宿へ逃げ込もうと思ったが、足がすくんだ。卯三郎と夫婦になるのだと言いたかったが、声はなおさら出なかった。

卯三郎が、雪を鳴らして駆けて来た。

「おかみさん、これはわたしが……」

「若旦那は、どうぞ黙っていて下さいまし。――おちかを蔵へ閉じ込めて、何もかも聞き出しましたよ。世間様へ顔向けのできないようなことをしてくれて――」

震える声で言ったおつなは、おていを力まかせに引き寄せて頬を打った。おていは、よろけて駕籠に突き当った。

「おていさん――」

卯三郎の声が聞えた。だが、おていは雪の上に両手をつき、咽喉《のど》にからみつくような声で詫びていた。

深川中島町に住んでいるとだけ聞いていたので、笑兵衛夫婦の居所がこんなに早くわかるとは思わなかった。笑兵衛が木戸番とは意外だったが、おていは、番小屋を教えてくれた人に礼を言って歩き出した。

小足を踏んで、倒れそうになる。酔ってはいないつもりだったが、のめった軀を立て直すと、目がまわった。

「あの旦那が木戸番なら、わたしが三桝屋のお内儀だっていいじゃないか。ちぇっ、何が三桝屋にふさわしくない——だ。誰だって、人は見かけによらないんだ」

蹴った小石は勢いよく転がって、横丁を飛び出した。止まったところは広い通りで、突き当りに土手が見える。大島川の土手のようだった。

土手のはずれに、自身番がある。市中見廻りの同心が小者を連れて自身番裏の橋を渡って行き、二人の町役《ちようやく》が見送っていた。木戸番小屋は、その前にあった。

笑兵衛は、起きたばかりのようだった。まだ眠気の残る顔で長火鉢の前に坐り、梅干で茶を飲んでいる。お捨は、その前で貰い物らしい紙包みを開いていた。

跨《また》いだつもりだが、おていは敷居につまずいた。つまずいた勢いで上り口までのめって行き、座敷に両手をついて蹲《うずくま》った。

「おていさんじゃありませんか。どうしたの？」

お捨のにじり寄る気配がした。掌を擦りむきはしなかったかと、笑兵衛が言っている。

「大丈夫——」

おていは顔を上げて、捨鉢に笑った。

「擦りむいたって、もう血も出やしません」

「とにかくお上がりなさいな」

お捨が言った。

おていは、下駄をぬごうとした。鼻緒が指にからみついている。足を振ってぬぎとばすと、お捨が土間に降りて拾い集めた。

「ちょうどいいところにみえましたねえ。さっき、裏の炭屋さんから干柿をいただいたんですよ」

座敷に上がってきたお捨が、開きかけていた紙包みをおていに見せた。真白に粉をふいた、うまそうな干柿が並んでいた。

「食べたかったのだけど、この人が目を覚ますまで待っていたの。一緒にいただきましょうよ。今、お茶の葉をいれかえますからね」

「おかみさん――」

おていは、お捨の袖を摑《つか》んだ。

「わたし、おかみさんにお聞きしたいことがあるんです」

「先にお茶を飲んだ方が、よくはありませんか。少し酔いを醒まさないと、お話の最中に息がはずみますよ」

「はずみゃしませんよ」

と言いながら、おていは、荒く大きな息を吐いた。

「お水を上げましょうか」

「お水なんか飲んだら、酔いがいっぺんに醒めちまうでしょう？　素面《しらふ》で谷中を歩きたくないのに、わたしはもう一文なしのすってんてん。このまんまにしといておくんなさいな」

躯がだるい。上を向くと天井が揺れていて、俯《うつむ》くと、自分の膝が遠くにかすんでいる。横になりたいと思った瞬間に躯が傾《かたむ》いていて、おていはあわてて腕で支えた。

お捨が笑兵衛をふりかえった。笑兵衛は、そのまま話をさせてしまえとお捨に目顔で知らせたらしい。お捨は、抱えていた紙包みを長火鉢の横へ押しやった。

「ねえ、おかみさん。おかみさんは、おちかをご存じでしょう？」

「ええ、知っていますよ。池端の笹屋さんでしたかねえ、おちかさんのおっ母さんがお嫁にゆかれたのは」

「ええ、妹のような子だったのに、あの子だけ、お金持の娘になったんです」

不意に、わけもなく涙がこみあげてきた。薄気味の悪いほど気持が昂《たかぶ》っていて、常ならばこんなことで涙をこぼしはしないのに、おていは顔を歪《ゆが》め、声をあげて泣き出した。

「ねえ、どうしてお金持になったおちかちゃんが植木職人の銀次さんと一緒になるのは健気《けなげ》で、貧乏人のわたしが三桝屋の若旦那と一緒になるのは図々しいんですか」

涙も大粒だった。おていは、駄々をこねる子供のようにお捨の膝を揺すった。

「そりゃね、確かに、卯三郎さんの女房になればきれいな着物は着られるし、毎日食べるお米にも不自由しないと思いましたよ。やっと貧乏と縁が切れるとも思いました。でも、わたしだって、そんなことは思いたくなかった。おちかちゃんのように、何もかも捨てて卯三郎さんのところへ嫁《ゆ》きたかったんです」

「おていさん――」

「おちかちゃんは、おっ母さんが笹屋の後添いになったから、捨ててゆくお金やきれいな着物があったんです。わたしはこの年まで貧乏のしっ放しで捨てる物がなく、卯三郎さんがお金持だった。それだけのことなのに、どうしておちかちゃんが健気で、わたしは色仕掛けで卯三郎さんをものにした性悪女《しょうわる》なんですか」

「誰もそんな風には思やしませんよ」

「いいえ、谷中中《やなかじゅう》が言っています」

あの日以来、おていは卯三郎に会っていない。会いたいということづけも来なくなった。三桝屋の女中から聞き出したとおちかが知らせてくれたところによると、遊びも達者なら、江戸中の娘の髪に小菊挿しを飾らせたほど商売も達者だった卯三郎が、遊びにも出かけず店にも出ず、奥の部屋で寝転んでいるらしい。

が、おちかはもう銀次の家にいる。かたちの上では笹屋と縁を切り、おれんの養女となったのだが、実際は多喜右衛門も三桝屋も銀次との仲を認め、仮祝言《かりしゅうげん》もすませて植木職人の女房となっているのだった。

千駄木周辺では、三桝屋の財産を捨てて銀次への想いをつらぬいたと、おちかの評判はすこぶるよい。それにひきかえ、谷中でのおていの評判は散々だった。

遊行寺の僧ですら、従妹の許婚者を横取りするのでは心がけが悪過ぎると説教をする。首振り坂途中の三崎町《さんさきちょう》へ米や味噌を買いに行けば、あれが三桝屋のお内儀になりそこねたお方――と、目引き袖引きして笑う声が聞えた。笹屋のお内儀が叔母さんなのに、古着の一枚も買って貰えないのかと、おていの境遇に同情していた人達は、おていがその境遇から脱け出しかけて失敗したことについては、同情どころか当然だと思っているようだった。

母親のおれんは頭が痛むと言いながら、ここ数日夜が明けてから日の暮れるまで、分相応の暮らしの幸せをおていに説いて聞かせていた。おていの方が、頭が痛くなりそうだった。

酒を飲んでみる気になったのは、昼前に来た客が、仏の供養の一つだと言って余分な金を置いて行ったからだった。おていはその金を握って歩きまわり、生れてはじめて縄暖簾《なわのれん》をくぐった。苦《にが》く、辛《から》いだけの酒だったが、無理矢理のどに流し込んでいるうちに、抑えつけていた気持が胸を破裂させそうなまでにふくらんできた。卯三郎に会いたくなったのだった。

おていは、矢も楯もたまらずに池端へ急いだ。案内を乞うたところで、会えるわけがない。三桝屋の前で、「卯三郎さん――」と精いっぱいの声を張り上げて幾度か呼んだのだが、たちまち手代に押えられ、人だかりのする中を笹屋へ連れて行かれて、そこでまた叔母の説教を聞いた。

いったい、おていが卯三郎を恋したことの、どこがそれほどまでに悪いのか。

駆けつけた三桝屋の番頭に詫び、多喜右衛門に詫び、ひたすら頭を下げつづける叔母に腹を立てて逃げ出してきたのだが、考えてみればあの日、おていも叔母に詫びたのだった。三桝屋の身代にも惹《ひ》かれた自分が疎《うと》ましかったのである。

おていは自身が許せぬものを、周囲が許せる筈がない。が、今のおていはただ、卯三郎に会いたかった。卯三郎に抱かれたかった。

「卯三郎さんがうちへ来てくれるのなら、健気なのでしょう？　わたしが貧乏のままなら、みんなが安心するんでしょう？　わかってるんです。みんな、金持が貧乏になるのはいいけど、貧乏人が金持になってはいやだと思ってるんだ」

「そんなこと、ありはしませんよ」

「お金持から貧乏になったおかみさんにはわからないんです。わたしだって、おちかがお金持になった時は妬《ねた》ましかったんですもの——でもね、おかみさん。こうなったら卯三郎さんがこっちへ来てくれりゃいいと思っているのは、卯三郎さんを貧乏にしたいからじゃない。卯三郎さんと一緒になりたいからなんです」

「わかっていますよ」

「おかみさん——」

おていは、涙だらけの顔をお捨へ向けた。

「わたしは卯三郎さんのおかみさんになりたい。いいえ、そんな贅沢は言わない。おめかけでいいから卯三郎さんのそばで暮らしたい——」

「一緒になれますとも」

と、お捨は言った。

「おていさんが三桝屋さんへ会いに行かれたことは、卯三郎さんもご存じでしょうからね。雪の日にがっかりしたのも、もう帳消しになっていますよ」

「叔母さんに叩かれた時、卯三郎さんにしがみついちまえばよかったのさ」

めずらしく、笑兵衛が軽い口調で言って笑った。お捨がなぜか赤くなった。

「昔、似たようなことがあったのさ。この婆さんの家とわたしの家とが、至極《しごく》むずかしい間柄でね。とても一緒になれそうもなかったのだが、婆さんがわたしにしがみついて離れなかったものだから、身内の者が呆《あき》れてね。わたしもしょうがない、一緒になった」

「まあ」

「叔母さんに叩かれたくらいであやまられては、卯三郎さんもがっかりするよ。そういう時は、よけいなことを考えずに、男にしがみついちまえばいい」

痛いところをつかれて、おていは、泣き腫《は》らした目を見張った。お捨は土瓶を持って立ち上がり、熱心に喋《しゃべ》った笑兵衛も、照れかくしか、眉間に皺を寄せて煙管《きせる》へこよりを差し込んだ。

引き抜かれたこよりには、茶色のやにがついている。お捨は、茶《ちゃ》がらを捨てているようだった。

「おかみさん。すみませんが、お水を一杯下さい」

はっきりと酔いを醒《さ》まそうと思った。目の前に、三桝屋の店先が浮かんでいた。間取りはわからぬが、卯三郎は、必ずあの奥の方にいる。

店の土間を突っ切って裏庭へ出て、卯三郎の名を呼べば、大騒ぎになる。そうなれば、必ず卯三郎も飛び出してくる。卯三郎の顔を見るまでは、手代に袖をひきちぎられても髪をつかまれても呼びつづけていよう。

「お邪魔しました」

おていは、水を飲み干して口もとをほころばせた。這《は》ってでも卯三郎の腕の中へ飛び込もうと考えているくせに、お捨と笑兵衛に見せた笑顔は、おとなしげで恥ずかしそうだった。

春の彼岸の一日、お捨は遊行寺へ墓参りに行った。

門前の花屋で樒を買おうとしたが、店先に立っているのはおれん一人で、おていの姿は見えなかった。留守かと尋ねると、おれんはうっすらと笑って溜息をついた。

「只今、ちょっと出かけております。お蔭様で、嫁にゆくことになりまして」

「それは、おめでとうございます」

「おめでたいのかどうか」

おれんは、かぶりを振った。

「三桝屋さんなんぞに嫁《ゆ》くのは、苦労をしにゆくようなものでございますよ」

「おていさんなら大丈夫ですよ。しっかりしておいでだもの」

「さようでございましょうかねえ。わたしは、貧乏でも気楽な方がどれほど幸せかわからないと思うのですが」

「貧乏が気楽とは限りませんよ」

「ええ、それはね。わたしの妹は、娘に――、わたしの姪《めい》でございますが――、お金の苦労をさせまいとして大店の後添いとなりましてね。姪はおかいこぐるみで育ったのですが、何が不足か、植木職人の女房となりました。お得意様に差し上げる花ぐらいは育てねばなりませんので、慣れない暮らしに苦労をしているようでございます」

「おちかさんがねえ」

「ご存じでしたか。まったく、親の思い通りにはならぬものでございますねえ」

おれんはもう一度溜息をついた。

が、親の思い通りにならぬまで、子供が生きていてくれたらどれほど幸せか。

お捨は、ふと坂道をふりかえった。墓参りに来たらしい若夫婦が、間にいた子供を抱き上げて、さりげなく寄り添ったところだった。

深川しぐれ

また雨が降り出した。

「寒――」

お捨《すて》は、赤ん坊のようにふっくらとした手に息を吐きかけながら土間に降りた。

江戸深川中島町、澪通《みおどお》りの木戸番《きどばん》小屋である。

雨の音が高くなって、ただささえ薄暗い土間がふっと暗くなった。墨をはいたような黒い雲が、風に流されてきたのかもしれない。町が黙認しているお捨の内職で、手拭いや蠟燭《ろうそく》などの商売物を入れた箱が並んでいる土間の隅の台の上に、薄闇がたまった。

「十月だというのに。雪しぐれにでもなるのかしら」

戸を開けると、向かいが大島川の土手を背負った自身番《じしんばん》で、そのすぐ裏側に新地へ渡る橋がかかっている。橋の向こうで、大島川へ仙台堀の枝川がそそぎこみ、隅田川へと流れていた。

自身番でも、書役《しよやく》が通り過ぎてゆく雨を眺めていて、お捨に軽く頭をさげた。夫の笑兵衛《しょうべえ》は、自身番で将棋をさしている。

木戸番の仕事は、夜廻りと夜中のやむをえぬ通行人に木戸を開けてやることで、一晩中起きていなければならないのだし、自身番に詰めている町内の差配《さはい》が将棋をさしていてよいわけもなく、お捨は笑兵衛にゆっくり眠ってもらいたいのだが、笑兵衛は、差配の弥太右衛門《やたえもん》が道の向こう側から駒を動かす真似をすると、弱ったなと言いながら嬉《うれ》しそうな顔で出かけて行った。もっとも、先日は、定廻《じょうまわ》り同心が「じれってえな、銀で王手じゃねえか」と足をとめ、小者《こもの》にせきたてられて出て行ったそうだ。

お捨は、書役に、傘を開く真似をしてみせた。書役はかぶりを振って、両手に傘を持った。破れ傘《や》らしいが、笑兵衛に貸す余分の傘があるというのだろう。お捨は、笑って小屋の中へ入った。

笑兵衛の大声が聞こえたのは、それから小半刻《こはんとき》とたっていなかった。お捨は、あわてて草履《ぞうり》を突っかけて外へ出た。

開いたままの紺蛇《じゃ》の目《め》が、さかさまになって庇《ひさし》からの雨の雫《しずく》をうけていた。その隣りに笑兵衛が放り出したらしい破れ傘が転がっている。

「医者だ。医者を呼んできてくれ」

笑兵衛が言った。通り過ぎるしぐれの中で、笑兵衛は、若い女を抱き起こしていた。

暮六ツ（午後六時頃）の鐘が鳴った。

先刻まで西陽《にしび》の当っていた出入口の腰高障子も今は濃い藍色《あいいろ》に染まって、明りが欲しくなった。

笑兵衛は、まだ帰って来ない。夜廻りを終え、一眠りしてからあの若い女の家へ見舞いに行ったのだが、枕もとにすわって、女の身の上話を聞いてやっているのだろう。つい先日も、夜の五ツ（八時頃）を過ぎてから、あたふたと帰ってきた。話相手になってやるのは結構だが、一晩中起きていなければならない商売なのに、朝の五ツ（八時頃）から昼の九ツ（十二時頃）過ぎまで、二刻あまり眠っただけで見舞いに出かけて行くのでは、五十を過ぎた軀《からだ》に疲れがたまってしまうにちがいない。

お捨は、土間に降りた。

女の家は、仙台堀の枝川をへだてた隣り町の相川町にある。相川町への橋は木戸番小屋のすぐ横にかかっていて、女の住んでいる長屋は弥太右衛門が管理をまかされている長屋より近いくらいなのだが、身の上話の邪魔をするようで迎えに行きにくい。

あの日、女は、戸板で医者の家へ運ばれて行き、月足らずの子を死産した。笑兵衛の話では、女は王子村の生れで身寄りがなく、子供の父親も、今は越中の富山にいるという。

錦絵《にしきえ》の彫師だそうだ――と、五ツ過ぎに帰って来た夜、遅い晩めしを食べながら笑兵衛が言った。無口で、こちらから尋ねなければその日の出来事など話したことのない笑兵衛だったが、女のことは皆、お捨に話しておきたいようだった。

「越中富山とくれば薬さ――」

と、笑兵衛は言った。

妙薬反魂丹《はんごんたん》は、元禄の昔、江戸城中で突然苦しみ出した大名に富山藩主がこれをあたえたところ、たちまちその腹痛がおさまったので、効《き》き目に驚いた諸侯がぜひ我が藩でも売ってもらいたいと頼んだため、薬売りが各地へ運んだといわれている。

近頃では、この薬売りが、おまけとして錦絵を置いてゆくようになったらしい。役者と女を描いて当代随一といわれる五渡亭国貞《ごとていくにさだ》や、水滸伝《すいこでん》の豪傑を描いて今年一躍人気絵師となった一勇斎国芳《いちゆうさいくによし》などに頼んでいるそうだが、これではかなり高価なおまけになってしまう。そこで、おまけ専門の絵師や彫師が必要となり、女の夫が誘われたというわけだった。

ここまでの事情は相川町の長屋の人達も知っていて、笑兵衛に聞かされるまでもなく、時折煮物などを持って見舞いに行くお捨も、世話好きで噂好きな長屋の女達から、多少尾鰭《おひれ》のついた話を繰り返し聞かされていた。

が、女の夫からの便りが、無事に富山へ到着したことを知らせる内容の、半年も前に届いた一通きりで、その後、何の連絡もないことは誰も知らぬようだった。

長屋の女達は皆、来年の春に女も富山へ行くものと思っていた。女が、錦絵では一番むずかしい顔の部分の彫り、つまり頭彫《かしらぼ》りを富山へ行った夫がひきうけるようになったと自慢していたのである。

嘘だよ――と、笑兵衛は言った。

半年もの間何の音沙汰もないと知れたら、何を言われるかわかったものじゃない。江戸の女房のことなど忘れたのだろうとか、雪崩《なだれ》に遭って死んだのじゃないかとか、悪気がなくっても、みんな、ろくなことは言やあしないよ。それが嫌さに、嘘をついていたのさ。ご亭主の安否を気遣って夜も眠れず、嘘がばれやしないかとびくびくしていて、お腹の子供の育つわけがない。

可哀そうに。

そう思う。夫はやさしい男で腕のいい彫師だと、人にそう思わせておきたい女の見《み》栄《え》も張りも、子供が死んで生れたとたんになくなったのだろう。お捨も、たった一人の娘を五歳で失った時は、よく笑兵衛と言い争ったものだった。今考えてみると、あれは、憂さを晴らすためのものであったのかもしれない。口喧嘩の相手もいない女は、父親のような年恰好の笑兵衛に頼りたくなったのにちがいない。そして、一つ秘密を打ち明ければ、次々に隠していたことを聞いてもらいたくなる。気持はわかるが、夜廻りを仕事にしている笑兵衛が、眠り足りずに疲れるのも困るのだ。

やはり、迎えに行こう。

お捨は、土間へ降りた。

提灯《ちょうちん》に明りを入れて戸を開ける。

外から戸を開けようとしていた男が、驚いて飛びじさった。弥太右衛門だった。

弥太右衛門は持っていた提灯をかかげ、小屋の中をのぞいて舌打ちをした。

「出かけて行くところを見たので、心配していたんだよ。やっぱり、まだなんだね」

「笑兵衛ですか」

弥太右衛門は、苦々《にがにが》しげにうなずいた。

「お捨さんが、おとなしいからいけないよ。ほっぺたくらい、ひっかいてやるがいいのさ。孫娘みたような若い女にのぼせあがって、まったくもう——」

触れられたくないところをいきなり叩かれたような気がしたが、お捨は、ころころと転がるような声で笑った。

「孫娘みたような――は、ひどいじゃありませんか。うちの人は、まだそんな年じゃありませんよ」

が、弥太右衛門は笑わなかった。

「お捨さん。みんなが、笑さんはどうなっちまったのだろうと心配しているんだよ」

「すみません。でも……」

「そりゃね、笑さんとは長いつきあいだ。笑さんがどんな男か、わたしはよく知っているつもりだよ。でも、わたしが見ても、笑さんは普通じゃない」

「いやですよ、普通じゃないだなんて。今日も、わたしが見舞いに行けと言ったものだから、ゆっくり眠ることもできないなんて、ぶつぶつ言いながら出かけましたけど」

「ぶつぶつ言いながら出かけた者が、今頃まで腰を据えるかえ？　――わたしに言わせりゃ、笑さんの気が知れないよ。お捨さんのように、きれいで品がよくってさ、亭主思いのおかみさんがいるってのに、若いだけが取得《とりえ》の女の家へ通うってんだから」

「通うだなんて……」

「早く迎えに行った方がいいよ」

「ええ。あんまり遅くなっては、ご病人にご迷惑ですものねえ」

「迷惑なんぞしてるものか。いいよ、笑さんはわたしが迎えに行ってやるよ。首ねっこを掴《つか》んでも連れて帰って来る」

「待って下さいな」

お捨は、歩き出した弥太右衛門をあわてて呼び止めた。弥太右衛門に迎えに来られては、笑兵衛もばつが悪かろう。いやみでも言われたら、女は情けなくなるだろうし、それを見ている笑兵衛も辛《つら》いにちがいない。

お捨は、いたずらを考えついた子供のように、首をすくめて笑った。

「笑兵衛に、真っ暗闇の道を歩かせてやりましょう。仰言《おつしや》る通り、少しのんびりし過ぎてますもの。その罰に、真っ暗闇——。ね、だから、お迎えはだめですよ」

弥太右衛門は、探るような目つきでお捨を見た。

「いいのかい、それで」

「ええ」

「お捨さんがそれでいいのなら、わたしだって無理に憎まれ役を買って出やしないが」

弥太右衛門は、しぶしぶうなずいておやすみと言った。お捨は、弥太右衛門が橋を渡らずに反対側に曲がったのを見届けてから小屋の中へ入った。

座敷に上がり、火鉢の前に坐る。出かけようとして埋めた炭火を、また掘りおこした。

おえんさん――。

その火箸《ひばし》が、女の名前を灰に書く。

おえんさん――。

笑兵衛――。

お捨は、ふっくらと肉づきのよい大柄な軀を丸めて火鉢に寄りかかった。

若い頃にも、こんなことがあった。お花が死んで間もない頃だった。ろくな仕事もなく、笑兵衛と顔を合わせていれば、腑甲斐《ふがい》ない親をもったばかりに不憫《ふびん》な死に方をしたお花のことが思い出されて、お捨は、口実を設けては裏の絵草紙屋の井戸を借りに行った。

洗うものなど、何もなかった。井戸へ行く言訳けに、縁《ふち》のすりへった桶の中へ茶碗を入れても、それだけはひびも入っていなかった小さな茶碗がなくなっていた。

お捨は、つるべの水を桶にあけて井戸端に蹲《うずくま》った。二つの茶碗を繰返し洗う水の中に、大粒の涙がしたたり落ちた。

わたしが笑兵衛を追いかけず、親の言う通りに婿をとっていたら、お花は丈夫な子に生れていたのではあるまいか。そんな思いからはじまって、終いには、笑兵衛がもっと商売上手であったならと、歯ぎしりをしたいほどの情けなさに襲われる。

それは、笑兵衛も同じであったにちがいない。俺が世辞《せじ》の一つも言える器用な男であったらという、愚痴めいた思いにはじまって、お捨さえ追ってこなかったら――と、恨みがましい思いに悩まされていた筈であった。

お互いに、相手を責めてはいけないと思ってはいた。が、お捨は井戸端に蹲り、笑兵衛は破れ畳に寝転がる日がつづいて、ある日、いつものように桶をかかえて外へ出ようとするお捨を、笑兵衛が呼びとめたのがはじめだった。

俺が出かける――。

と、笑兵衛は言った。

あてもなく出て行ったにちがいない大通りで、塩売りをしていた時のお得意だった女に出会ったのは偶然だったのかもしれないが、その女の誘うままについていったのは、どんなつもりだったのだろうか。

あとで聞けば、その女も身寄りがなく、淋しい暮らしをしていたという。茶を飲んで、煎餅をかじって、女の話相手になっていただけだというが、お捨は、いつ帰ってくるともしれぬ笑兵衛を待ちながら、恨みをこめて灰に文字を書いたものだ。

笑兵衛のばか。死んじまえ――。

おえんの家へ行っても、笑兵衛は茶を飲んで、煎餅をかじって、おえんの身の上話に無器用な相槌《あいづち》を打っているだけかもしれない。

だが、伊之吉のばか、死んじまえ——と灰に書くおえんの涙を見た時に、笑兵衛の心は動かぬだろうか。——

お捨は、あわててかぶりを振った。夫の消息のわからぬおえんに、死んじまえなどと書けるわけがない。

「どうかしていますね、わたしも」

と、お捨は呟《つぶや》いて、笑兵衛の文字に並べて自分の名を書いた。

笑兵衛は、みめよりという菓子が好きだった。大道で焼きながら売っている金鍔《きんつば》より餡《あん》を上等にしたもので、あまり甘い物は食べない笑兵衛も、この菓子にだけは手を伸ばす。

お捨は、浅草の馬道《うまみち》まで、みめよりを買いに出かけた。

昨夜、物音を聞きつけて目を覚ますと、笑兵衛が鼠入《ねずみい》らずを開けている。夜廻りのあと、冷えた軀を暖めるために飲む酒は用意してあったし、するめもあぶってあったのだが、酒を飲むと眠ってしまいそうなので、大福餅を探していたのだという。ほとんど毎日おえんの見舞いに出かけていて、疲れがたまってきたのだろう。酒のかわりに渋茶を飲むのなら、好きな菓子を食べさせてやりたかった。

ついで詣《まい》りで申訳けなかったが、観音様にも参拝し、お捨は菓子屋へ向かった。

近道の横丁にまで、餡を煮ている甘い匂いが漂《ただよ》ってくる。横丁を抜けたところで、
お捨は思わず足を止めた。角《かど》に笑兵衛が立っていた。店の中に連れがいるらしい。

見てはいけないところを見てしまったような気がしてまごついていると、笑兵衛の
方から声をかけてきた。

「おい――」

「はい……いえ、お前さんでしたか」

「お前も観音様にお詣りか」

「ええ。――あの、おえんさんも?」

「ああ。やっと、歩いても熱を出さないようになりなすったよ」

笑兵衛は、ほっとしたように言った。が、そう言う笑兵衛の頰がこけている。軀つ
きががっしりとしているだけに、顔のやつれが目立った。

お待たせ――。

おえんが、店の中から飛び出してきた。笑兵衛に駆け寄ろうとしてお捨に気づき、
その場に立ち止まる。

「お捨さん——」

口もとで凍りつくかと思った微笑を顔中に広げ、おえんは、丁寧に頭をさげた。

「いつも、ほんとうに有難うございます。お蔭様で、ほら、こんなところまで歩いて来られるようになったんですよ」

「よかったこと」

お捨も微笑して、そっと頬をこすった。おえんの恢復《かいふく》はほんとうに嬉しく、心から喜んでいるのだが、おえんの笑顔に比べ、自分の笑顔は少しぎごちないような気がするのだ。

おえんは、みめよりの包みを差し出した。

「お二人に召し上がっていただこうと思いまして。ほんのお口よごしですけど」

「まあ、大好物《だいこうぶつ》を。何だか急に食べたくなって、観音様へのお詣りを口実に買いに来たところなの。食べたい物がいただけるなんて、観音様のご利益《りやく》かしら」

「そうですよ、きっと」

笑っているおえんの蒼白い顔の上を、ふっと暗い翳《かげ》がよぎった。

「わたしなんか、いくらお詣りしてもだめだけど」

お捨は、笑兵衛を見た。笑兵衛もお捨を見た。お捨は笑兵衛がおえんの捨鉢な言い方をやさしく咎《とが》めるだろうと思ったのだが、笑兵衛は、お捨がおえんの言葉を打ち消すものと思ったようだった。

「そんなことはありませんよ」

あわててお捨が言ったが、とってつけたような感じがした。もともと口下手な笑兵衛は、黙ってあごを撫《な》でている。お捨は、菓子の包みに顔を寄せた。

「おいしそうな匂いだこと。早く家へ帰ってご一緒にお茶を……」

「いいえ、わたしはここで失礼します」

おえんは、かぶりを振った。

「お先にどうぞ」

「まあ、どうして」

「寄り道をしようと思って」

おえんは、菓子屋をふりかえった。

「この近くに知り合いがいることを思い出したんです。ずいぶん心配をかけましたから、みめよりを持って行きながら、こんなに元気になったところをお見せしようと思って。その人も、みめよりが大好物なんですよ」

嘘であることはわかっている。が、一緒に帰れと強《し》いることもできない。

「一時に歩かない方がいいと思うがな」

笑兵衛が、ぼそりと言った。お捨も、うなずいておえんを見た。

おえんは、強情に首をかしげた。

「でも、またあらためて出かけて来るのも大変でしょう。それよりも、今日寄り道をしちまった方が楽ですもの」

今日は有難うございましたと、おえんは深々と頭をさげた。その頭を上げぬうちに踵《きびす》を返して、店の中に入って行く。

「持とうか――」

笑兵衛が、お捨の持っている菓子の包みに手を伸ばした。

その声を聞きつけたように、おえんがふりかえった。お捨から包みを取ろうとした笑兵衛と、笑兵衛に軀を近づけたお捨が、その恰好のままで会釈をする。おえんは、横を向いて会釈を返した。

三日ぶりに、笑兵衛は、おえんの長屋の木戸をくぐった。

先日の浅草行きは、炊事洗濯をできるまでに恢復したおえんが、当分見舞いに来てくれなくとも大丈夫だから、そのかわりにとせがんだものだった。

帰り際のおえんのようすが気になってはいたのだが、笑兵衛以上にお捨が心配していたらしい。いつもなら眠れ眠れとうるさく言うくせに、笑兵衛が昼過ぎに目を覚ますと、追いたてるように、おえんの家へ行く口実の鍋を持たせた。

「いやな雨ですねえ」

笑兵衛とは顔見知りになった隣りの家の女房がすれちがった。ざるを抱えている。米を買いに行くのだろう。裾をからげたふくらはぎにはねをあげながら、路地を走って行った。

おえんの家は廂《ひさし》がこわれていて、戸を開《あ》け閉《た》てするところに大粒の雫《しずく》がたれている。

笑兵衛は、傘をさしたまま、家の中へ声をかけた。

おえんの立って来る音がした。

戸が開く。おえんは、髪を無雑作にたばねていて、顔色が悪かった。

「どうした。また具合が悪いのか」

「いえ、――もう、来てもらえないのかと思った――」

笑兵衛は笑って、お捨からあずかってきた鍋を差し出した。

「汁粉《しるこ》だそうだ」

「すみません」

受け取ろうとした手が異様に熱い。熱を出しているようだった。

「なかなか、すっきりとよくならないものだなあ」

笑兵衛は、傘を閉じた。

「入らせてもらうよ」

「どうぞ」

雨の音の絶え間なく聞える家の中は、日暮れのように薄暗い。多少昼間らしい明るさの届いている上り口には、頼まれ物にちがいない仕立て直しが広げられていた。

「無茶だよ、おえんさんは」

「だって、一人っきりでいると、何かをせずにはいられないんですもの」

おえんは、汁粉の鍋を持って土間の隅へ行った。棚の鍋に入れ替えるつもりなのだろう。鍋は一番上の棚にあり、おえんは、爪先立って手を伸ばした。

めまいがしたようだった。おえんは、額に手を当ててうずくまった。

「大丈夫か」

駆け寄った笑兵衛に、おえんは心配ないというように手を振って、ゆっくりと立ち上がった。

「医者には診《み》てもらったのか」

「診てもらったって、じっと寝ていろと言われるだけですよ」

「それなのに仕立て直しかい？」

笑兵衛は、抱きかかえるようにして、おえんを座敷に上がらせた。

「医者が寝ていろと言うなら、寝ておいで。有難いことに、ご近所の人はみんな親切で、よくおえんさんの世話をしてくれるじゃないか。ろくなことはできないかもしれないが、お捨もいる。医者がいいと言うまで、安心して寝ておいで」

「笑兵衛さんは？」

おえんは、壁に寄りかかって笑兵衛を見上げた。笑兵衛は、隅に片付けてあった布団を座敷の真中へ運んでいた。

「また、お見舞いに来てくれる？」

「来るともさ」

おえんは、壁にもたせかけている頭を、だるそうに左右へ振った。

「ほんとうのことを言っちまおうかしら」

「さあ、床《とこ》が敷けたよ。早く横におなり」

「あのねえ……」

おえんは目をつむり、大きく息を吐いた。

「この間観音様へお詣りに行った時、わたしは、もう一度病気になりますようにってお願いしたんです」

「ばかな。病気になっていたら、春になっても富山へ行けないじゃないか」

「行けなくってもいいの。どうせ、あの人は失敗しているんです。失敗しているから、わたしに便りもよこせないんです」

「おえんさん。伊之吉さんは、お前さんのご亭主だよ。おえんさんにそんなことを言われちゃ、伊之吉さんの立つ瀬がないよ」

「言わせて」

おえんはかぶりを振った。

「あの人を待っているのは、もう沢山。嫌になったんです」

「この前もそう言ってたね。だから、待っていないで、おえんさんの方から富山へ行ってごらんと言ったんだよ」

「富山へ行って、また、あの人が一人前になるのを待つんですか」

つむっているおえんの目から、涙がこぼれた。

「お話したじゃありませんか。あの人は、五年前まで国貞の弟子だったんですよ。絵描きだった頃にお互い十七で世帯をもって二年間、わたしは、あの人が一人前になる

に

のを待って夢中で働きました。あの人は、今に師匠をしのいでやるって口癖のように言ってたけど、ろくに仕事がなかったんですもの」

「伊之吉さんだって、一生懸命、いい絵描きになろうとしていたんだよ」

「だったらどうして、師匠の言うことをきかないんですか」

おえんは、笑兵衛ににじり寄った。

「あの人は、俺の絵の面白さを誰もわかっちゃくれねえと言って、彫師《ほりし》になっちまったんです」

「錦絵は、絵描き一人でつくるものじゃない。いい彫師や摺師《すりし》がいるから、いい錦絵ができあがるんだよ」

「わかっています。わたしだって、伊之吉がいい彫師になるのを待っていたんです。でも伊之吉は、伊之吉より年下の彫師が頭《かしら》を彫らせてもらったといって親方と喧嘩をして、挙句のはてに、江戸になんかいたくないと言い出して――。あの人は、絵描きという寄り道をしたから、頭を彫らせてもらえなくっても当り前なのに」

「それでも、富山の板元に見込まれたのだろう？　実際、いい腕を持っていたのかもしれないじゃないか」

おえんは、涙で汚れた顔を横に振った。

「あの人は、わたしと一緒になる時、師匠の国貞があの人の絵のうまさにやきもちをやいていると言ったんですよ。国貞の弟子の中では一番なのだが、それがかえって災《わざわ》いしているって。富山の板元にだって、何と言っているかわかりゃしません」

「愚痴はその辺でおやめ。床に入って、ゆっくり眠った方がいい」

「いや」

おえんは、とうとう笑兵衛にすがりついた。

「これでも、わたしに伊之吉を待っていろと言うの？　自分の絵の下手なことや、腕の悪いことを棚に上げて、師匠や親方を恨んでばかりいるような男を、わたしは、まだ待っていなけりゃいけないんですか」

「さあ、床に入って……」

「子供が無事に生れているのなら、辛抱もします。伊之吉が、子供の父親なんですもの。でも、子供が死んでしまっては、縁のなかった人と……」

「おやめと言ってるじゃないか」

「やめて眠ったら、わたしの思い通りになるんですか。何にも、少しも思い通りになんかなりゃしないじゃありませんか。それとも、眠って軀を丈夫にして、早く富山へ行けと言いなさるんですか。富山でも化けの皮が剝《は》がれて、江戸の彫師なんてあんなものかと嘲笑《わら》われている伊之吉のところへ行って、苦労をしろって、そう言いなさるんですか」

「そうじゃない。そうじゃないが……」

「軀なんか丈夫にならない方がいいの。丈夫にならなけりゃ、こうして笑兵衛さんがお見舞いに来てくれるんだもの」

「おえんさん」

「観音様がわたしの願いを聞き届けてくだすったから、熱が出たの。観音様だって、富山へ行かなくってもいいと仰言《おつしや》ってるんです」

おえんは、熱で火照《ほて》っている頬を、笑兵衛の胸に押しつけた。


橋を渡ったところで、暮六ツの鐘が鳴った。

自身番には、もう灯《あか》りが入っている。

木戸番小屋の表障子はまだ暗く、お捨は、灯りをつけぬ座敷に坐っているらしい。戸を開けるのを、ちょっとためらった。が、傘を打つしぐれの音が聞えたのか、戸は内側から開いた。

「お帰りなさい」

お捨の、ふっくらとして白い顔が薄闇の中で笑った。

「どうでした？　おえんさんは」

「うむ――」

「熱でも出してなけりゃいいがと思っていたんですけど」

「うむ――。熱を出しているのに、仕立て物をしていたよ」

「まあ。ようすを見に行ってあげて、ようございましたね」

上り框《かまち》に腰をおろすと、ぬかるみを歩いて汚れた足を洗うすすぎが出てきて、長火鉢の前に坐れば、熱い茶が出てくる。灯りも入って、狭いが掃除の行届いた座敷を照らし出した。笑兵衛は、黙って茶をすすった。

土間に降りて、商売物に風呂敷をかけていたお捨は、思いついたように戸を開けて暗い空を見上げ、笑兵衛をふりかえった。

「ちょいと出かけてもいいかしら」

「どこへ」

「お湯屋さんですよ」

お捨は、屈託《くったく》のない声で笑った。

「小降りだから、今のうちに行って来ようと思いましてね。ご飯は、そのあと」

首をすくめて、また転がるような声で笑う。別にやましいところはないのだが、お捨の屈託のない笑い声が妙に鬱陶《うっとう》しくて、笑兵衛は、自身番をのぞいてみようかと思っていたところだった。

「行っておいで」

「すみませんね。なるべく早く帰って来ますからね」

お捨は、桶に手拭いを入れて出て行った。

笑兵衛は、鉄瓶の湯を土瓶にそそいだ。茶の葉の上に落ちてゆくたぎった湯の音が、雨の音を消す。

相川町の家では、熱に浮かされたようなおえんの声が雨の音を消した。おえんは、床に寝かされても、笑兵衛の首にまわした手を離さなかった。

「さ、早くお眠り」

おえんは、おえんの腕を布団の中に入れようとする笑兵衛の腕を振り払い、布団をはねのけた。

「わかってますよ。笑兵衛さんはご立派なご亭主で、お捨さんは、女房の鑑《かがみ》です。わたしなんかの出る幕じゃない」

笑兵衛は、おえんのなすがままにまかせ、おえんが焦《じ》れて、床を叩きながら背を向けてしまうのを待ち、その肩まで布団を引き上げてやった。死んだ娘が生きていれば、おえんより二つ三つ年上になる筈であった。

人をばかにして――。

と、おえんは言った。

「わたしなんぞ本気で相手にできないんでしょう。お捨はともかく、笑兵衛なんて名前がほんとうであるわけがない。このあたりの噂通り、お武家様だったのか、日本橋の大店のご主人だったのか、幾度も教えてと頼んだのに、いつも上手にはぐらかされて――。それなのにわたしは、亭主の出来損《できそこな》いぶりをあらいざらい喋《しゃべ》っちまって。ばかだったらありゃしない」

笑兵衛は黙っていた。おえんは、背を向けたまま言いつづけた。

「ねえ、どうして教えてもらえないんですか。お捨さんは、何もかも知っていなさるんでしょう?」

「当り前じゃないか」

ふいに、おえんは寝返りをうった。

「お捨さんと同じに女《おんな》にして」

「ばかなことを言うんじゃないよ」

からみついてくる視線をそらして、笑兵衛は答えた。おえんは枕をはずし、笑兵衛の視線のある方へ顔を出した。

「どうして、ばかなことなの？」

「――うちの婆さんが、わたしのことを知っているのは当り前じゃないか」

「それが、いやなのに」

おえんは、ふたたび笑兵衛に背を向けた。くやしい――と呟いている背が、かすかに震えている。布団の端を握りしめて泣いているようだった。

笑兵衛は、おえんの肩へ布団をかけてやろうとした。その手を摑《つか》んで、おえんがふりかえった。熱い手であった。

「今日来てくれたのは、お捨さんが、見舞いに行ってやれと言いなすったからですか」

「いや……」

「嘘」

おえんの目が笑兵衛を見据えた。

「お捨さんが言いなすったのでなけりゃ、笑兵衛さんがお汁粉の鍋を下げて来なさるわけがない」

笑兵衛は、横を向いた。おえんは、じれったそうに笑兵衛の手を引いた。

「ねえ、わたしは女なんですよ。半年も亭主と別れて暮らしている女なんですよ。可哀そうだなんて、どこを押したら言えるんだろう。少しは亭主を寝取られるんじゃないかと心配すりゃいいんだ」

笑兵衛は、黙っておえんの手をふりほどいた。

「わたしゃ笑兵衛さんを寝取って、おっとり構えているお捨さんの面《つら》の皮をひんむいてやりたい――」

「さ、もうそれだけ言えばいいだろう」

「何さ。笑兵衛さんだって、わたしと浮名が立つのがこわいんでしょう」

「もう立っているさ」

「笑兵衛さんが平気だなんて、信じられない」

「言いたい奴には言わせておけばいい」

「笑兵衛さん」

寝かせようとする笑兵衛の手を押しのけて、おえんが起きあがった。笑兵衛の脇にある、土瓶と湯呑みののった盆を眺めている。笑兵衛は、おえんが茶をいれてくれと甘えるのではないかと思った。

が、おえんの目は、突然、笑兵衛を見た。

ふいをつかれて、笑兵衛はうろたえた。

「抱いて――」

「お願い」

「勘弁しておくれ。わたしは、そういう冗談が苦手なんだよ」

「冗談じゃありません。わたしが本気で言っていることくらい、笑兵衛さんだってわかっているくせに」

心の底を隠していた幕が、無理矢理一枚剝がされたような気がした。おえんはにじり寄って、笑兵衛の膝に熱い手を置いた。笑兵衛の心の中で引き剝がされた幕が頭の中にかかって、おえんの顔も紗《しゃ》がかかっているように見えた。

「お捨さんが気になるのなら……」

また一枚、頭に幕がかかった。

「一緒に逃げて」

「どこへ」

幕は、さらに厚くなる。

「どこへでもいいじゃありませんか。大坂でも長崎でも」

「ばかなことを。おえんさんは、春になったら、富山へ伊之吉さんをたずねて行くんだろう?」

辛《かろ》うじて頭の幕をはねあげたが、笑兵衛を見つめているおえんの目は、熱のせいではなしにうるんでいた。

「行きません。笑兵衛さんと駆落します」

「どうかしているよ、今日のおえんさんは」

「いいえ。前から言いたかったことを言っているだけ」

「幼馴染《おさななじ》みが夫婦になったんじゃないか。富山へ行って伊之吉さんの顔を見れば、わたしのような年寄りのことは、すぐに忘れるよ」

「忘れません。伊之吉に会っても、逃げて帰ってきます」

笑兵衛は、懸命に笑ってかぶりを振った。おえんは、膝が触れ合うまで笑兵衛ににじり寄った。

「それじゃ、伊之吉に会って逃げて帰って来れば、笑兵衛さんはわたしと一緒になってくれるんですか」

笑兵衛は口を閉じた。おえんは、なおも笑兵衛のそばへ軀を寄せてきた。

「一緒に富山へ行きましょう。富山へ行って、伊之吉に会って、笑兵衛さんにわたしの気持がどんなだか見てもらいます」

それならいいでしょう――と、おえんは笑兵衛の顔をのぞきこんだ。

笑兵衛は、おえんとの旅を思い浮かべた。雪が残っているかもしれない富山への道を、おえんの手を引き、あるいはおえんに背を押されて歩いて行く。長い髪を結い上げたおえんは、笑兵衛の腰をさすって、「お爺さんみたようだ」と声を上げて笑うだろう。娘のようなおえんの笑い顔は、まぶしいにちがいない。

そのおえんと、世帯をもつ。こざっぱりとした裏店を借りるのは、大坂か、もっと西の城下町か。いずれにしても、おえんはよく働く女房になるだろう。

「ね、行ってくれるでしょう?」

笑兵衛の脳裡には、姐《あね》さんかぶりのおえんの姿が浮かんでいた。が、そこで、頭の中にかかっていた幕が落ちた。お捨とも、駆落ち同様に江戸へ来たのではなかったか。幕の落ちたあとには、不安そうな表情のお捨が立っていた。

「――行かない」

笑兵衛はかぶりを振った。

「どうして? どうして一緒に行ってくれないの?」

おえんの熱い手が、笑兵衛の膝から肩へと這《は》い上がった。

「わたしは、伊之吉が一人前の彫師になっていたって、笑兵衛さんと大坂へ行きます。

大坂に落着いてから、たとえ伊之吉が迎えに来たって帰りゃしません」

「お捨が、……可哀そうだ」

「わたしは、わたしは可哀そうじゃないいんですか」

「そうじゃない。そうじゃないが、……勘弁しておくれ」

おえんがどんなに気の毒でも可愛くても、笑兵衛には笑兵衛の帰りを待っているお捨がいる。

「帰ってやりたいんだよ。今ここでおえんさんとどこかへ逃げて、お捨が迎えに来たら、……やりきれない」

おえんの手が、笑兵衛の肩から落ちた。

おえんは、ずるずるとあとじさって床に俯《うつぶ》せた。笑兵衛は、その痩せた軀に布団をかけた。長い髪が細い首の横に垂れて、黒い渦をつくっていた――。

「今帰りました」

お捨の声がした。笑兵衛は、あわてて茶をついだままの湯呑みに手をのばした。茶は、妙に赤味がかって冷えていた。

「お蔭様で、空《す》いていましたよ」

お捨は歌でもうたうような口調で言って、炭屋の庭へ通じる裏口へ歩いて行った。

すぐに手拭いと桶を片付けて、火種を取りに来るだろう。笑兵衛は鉄瓶を持ち上げて、あかあかとおこっている炭火を火箸で掘り起こした。

「待った」

と、弥太右衛門が言った。笑兵衛は、茶をすすりながら、気持よさそうに「だめだめ」とかぶりを振った。提灯や手鉤《てかぎ》なども壁にかけてある自身番の中で、書役も机に向かってはいるが、書類は机の隅に寄せ、身をのりだして二人の勝負を見つめている。

「待ったはなしだと、弥太さんの方から言ったんじゃないか」

「だって笑さん、金と銀を間違えて張っちまったんだよ」

「しょうがないなあ。これ一回きりだぜ」

「かたじけない。恩に着るよ」

弥太右衛門は、いそいで将棋盤の上の金将と、手に持っている銀将とを取り替えた。

「さあ、どうだ」

「どうだって、銀ならこう逃げるしかないじゃないか」

「と思って、桂馬がここにいるのさ」

「ちぇっ、弥太さんの待ったにやられた」

笑兵衛は腕を組んだ。弥太右衛門は、してやったりと湯呑みに手を伸ばした。

笑兵衛は、将棋盤を睨《にら》んで考えこんだ。長考とみて、書役も坐り直す。絵草紙でも読んでいた方がいいかな――と、弥太右衛門は相好をくずした。

「しょうがない、こう逃げるか」

「三十六計逃げるにしかずってね」

「ところが、逃げるばかりじゃない」

「なるほどね」

弥太右衛門は湯呑みを置き、背を丸めて将棋盤を見た。

「話はちがうが、あの女のところに、富山の亭主から便りがあったんだって？」

「うむ――」

笑兵衛は、手のうちの駒を眺め、一枚を選んで盤に置いた。ぴしりと強い音がした。

「亭主の奴、たいした腕もないのに大きなことを言っていたものだから、富山でも愛想をつかされて、城下町の料理屋で下足番をしていたんだってね」

「ほら、角《かく》取りだよ」

「おっと、あぶない」

弥太右衛門は、あわてて駒を動かした。

「だけど、わからないものだねえ」

上目遣《うわめづか》いに笑兵衛を見る。

「あの女、笑さんに気があったんだろう？」

「この金が邪魔っけだな」

「なのに、亭主から便りが届いたら、一も二もなく富山へ行くことにしたっていうじゃないか。それも、春まで何とか辛抱するから、雪が溶けたらすぐに迎えに来てくれっていう情けない便りが来たっていうのにさ。愛想をつかすどころか、便りを抱きしめて泣いたっていうんだから」

笑兵衛は、握っていた駒を眺めた。歩が二枚、銀将が一枚、掌は少し汗ばんでいる。おえんの見舞いに行かなくなってから、気のせいか、お捨の笑い声が甲高く響かなくなった。お捨も、笑兵衛の心が鎮《しず》まるのを待っている間は平静でいられず、笑い声が甲高くなっていたのかもしれない。

あの大きな軀を小さく縮めて待っていられたひにゃ、帰らずにはいられない。

そう思って笑兵衛は苦笑した。あの時、笑兵衛が踏みとどまったのは、さんざん苦労をさせた時も、じっと笑兵衛の帰りを待っていたお捨の姿が、脳裡に焼きついていたからかもしれない。

三十年だものな。

おえんも、富山へ行った伊之吉が助けを求めてくるのを、今か今かと待っていたのではないだろうか。が、案に相違してなかなか助けを求める便りは来ず、待ち疲れて笑兵衛にすがりついた。

もし、伊之吉からの便りが、富山での大成功を知らせるものだったら、おえんはどうしただろう。

ふっと、笑兵衛は小さく笑った。

「おいおい、さっきから何を笑っているんだよ。王手飛車取りだよ」

「いけねえ。弥太さん、わたしにも一回だけ、待ったをさせておくれよ」

「だめ」

弥太右衛門は、わざと厳しい顔をつくって首を横に振った。書役がまた机の上に両肘《りょうひじ》をのせて、身をのりだしてきた。

ともだち

こういう空を花曇りというのだろう。

一面に広がっている淡い灰色の雲が、遮《さえぎ》っている陽の光をにじませているのか花の色を映しているのか、うっすらと紅色に染まっている。

江戸は、数日前までの寒さが嘘のようで、近くにある富岡八幡宮の桜もいっせいに開いたそうだ。無論、上野の山の桜も今日あたりは満開にちがいない。おすまの住んでいる深川中島町でも、町内の子供や若い衆に踊りも教えれば長唄も教える師匠が、

「急に満開だもの、忙しくってしょうがない」と言いながら、幔幕《まんまく》や色褪《いろあ》せた毛氈《もうせん》を抱えて、朝早くから弟子達と出かけて行った。今頃は、飲めや唄えの騒ぎを繰り広げているにちがいない。

おすまは、大島川の土手をのぼった。

若い頃はこの土手を幾度でも平気で駆け上がったものだが、五十を過ぎた今では、のぼりきると息がはずみ、太腿《ふともも》のあたりが重くなる。髪はまだ黒々としているし、額や目尻の皺《しわ》も同年輩の女達に不思議がられるほど少なくて、とても五十を過ぎたとは

自分でも思えないのだが、躯《からだ》の中身は正直に年をとっているらしい。

「よっこらしょ」

思わず年寄りじみた掛声が出て、おすまは枯草の上に腰をおろした。

周囲の草をかきわけると、みずみずしい青草が顔を出す。人間も、一年ごとにみずみずしい躯に生れ変われたらどんなによいだろう。みずみずしい躯で寿命の分だけを生きて、ある日突然目が覚めなくなる。つまり、上野の山へ花見に出かけるような気楽さで、あの世へ旅立っている……。

五十を過ぎてから、始終、躯が思うように動かなくなったら――という不安にかられるようになった。同じように躯の動かない人間でも、可愛い赤ん坊は誰でもが夢中で面倒をみるが、年寄りは、ひからびて可愛げがない上に、叱言《こごと》も不平も言うから嫌われる。近所の女達は皆親切で、おすまが病気になればかわるがわる看病に来てくれるにちがいないが、それもはじめのうちだけだ。病いが長びいたり、おすまがあれこれ頼んだりすれば、だんだん面倒くさくなってきて、誰も来なくなってしまうだろう。なるべくいやな顔をされずに面倒をみてもらいたいと、懸命に金をためてはいるのだが。

「おお、やだやだ」

おすまは首をすくめ、大仰《おおぎよう》にかぶりを振った。

「こんなとこでも、こんなことを考えるようになっちまったよ」

ひとりごちて、何気なく振り返った。いつからそこに来ていたのか、土手の上に立っていた女が、あわてて挨拶をした。おすまと同じ年恰好の女だった。

「お暖《あつた》かになりましたねえ」

女はおすまの隣りに腰をおろし、抱えていた風呂敷包みを解いた。

「ここは、ほんとに静かで――」

女は、永代寺門前に住むおもんだと言った。

永代寺は富岡八幡宮の神宮寺で、八幡宮の境内には、枯れてわずかとなっているが、歌仙桜などの名木がある。そこで、この季節になると俄《にわ》かに風流を楽しむ者がふえ、さすがに境内へ紅白の幕をめぐらしはしないものの、門前の料理屋はどこも大賑《おおにぎわ》いで、三味線を弾いて浮かれ騒ぐうるささに逃げ出して来たのだという。

「お一つ如何《いかが》ですか」

風呂敷の中は重箱だった。一の重には一人前にしては多過ぎる煮〆《にしめ》が、それでも隅に寄って半分を隙間にしており、二の重の握りめしも、年寄りらしいぞんざいな握り方で凸凹と隅に寄っていた。

「まああ、ご用意のよいことで」

「なにしろ花見を口実の客がうるさくってね。寒くさえならなけりゃ、夜までここにいたい位ですよ。どうぞ、お食べなさいな」

「それじゃ、遠慮なくおむすびを」

「珍しくもありませんが、こちらもどうぞ」

おもんは、煮〆のがんもどきを、一組しかない箸《はし》で掌の上にのせていた。

「まったく呆《あき》れたものですよ。親子連れでさえ、料理屋に上がって騒いでゆくんですから」

「わたしもね、町内のお花見にね、是非にと誘われたんですが、断りましたよ。上野の山の騒ぎには閉口しますからね」

「おや、おすまさんも?」

おもんは、探るような目でおすまを見た。鼻筋の通った、若い頃はさぞ——と思わせる顔立ちだが、目尻や口許《くちもと》の皺が深く、おすまは自分の口許を撫《な》でて安心した。

「わたしの町内でも、昨日、上野へ行きましたがね。ただでさえ酔っ払いがうるさくて困っているのに、なおうるさい所へ行くこともあるまいと断ったら、しつこく誘われましてねえ。往生しました」

「どこにでも、そういう人がいるものですよ」

　おすまは、当然のことのように言った。おもんは眉《まゆ》をひそめた。

「男ってのは、ほんとにしつこいから。わたしのような年寄りを引張り出して、どこが面白いんでしょうねえ」

　おすまは、咄嗟《とつさ》に答えを思いつかなかった。おもんより若く見えると思うのだが、おすまに声をかける男はいない。黙っていると、皺の目立つ口許を片手で隠してがんもどきを食べ終えたおもんが、言葉をつづけた。

「わたしは、五年前に連れあいを亡くしましてね」

「お独り？」

「いえ、神田の須田町に伜《せがれ》がおります。塗師《ぬし》屋《や》ですが、職人二人と小僧一人を使っておりますよ」

「それじゃ、伜さんのお嫁さんと折合いが悪くって永代寺の門前に？」

「とんでもない。伜も嫁も孝行者ですよ。わたしを心配して一緒に暮らそうと言ってくれますが、軀が達者なうちは一人の方がいいと思いましてね」

　おすまさんは？　――と、おもんが尋ねた。おすまは、横を向いて唇を噛《か》んだ。煮〆のがんもどきが、急に苦《にが》くなった。

「わたしは、七年も前に連れあいに逝《い》かれちまって……」

その上、子宝にも恵まれなかった。姉弟もいない。早く言えば、身寄りがないのである。しかも、経師屋《きょうじや》だった夫は、酒も飲まず遊びもせぬ真面目一方の性格が災いして職人がいつかず、丹念に仕事をする人という評判とわずかな蓄えを残しただけで急逝《きゅうせい》した。

幸い、夫を贔屓《ひいき》にしていた日本橋本石町《ほんこくちょう》の油問屋、唐津屋の内儀がおすまを哀れがり、店の仕着せの縫物をまかせてくれたので、暮らし向きの不安はなかったが、おもんには話したくない。働けるうちは働いて、夫の残した蓄えは万一の時にとっておこうと考えている自分と、親孝行な息子がいて、勝手気儘《きまま》に暮らしているらしいおもんとでは、雲泥《うんでい》の相違がある。

が、おすまの顔を覗《のぞ》きこんでおもんが尋ねた。

「お子さんは？」

おすまは、箸を握りしめた。

「それが、生れませんでねえ。姑《しゅうとめ》がいたら、追い出されるところでしたよ」

「お独りじゃ、お淋《さび》しいでしょう」

誰が淋しいものか。仕立物で稼いで、年に一度は芝居にも行って、人並に楽しんでいるのだ。

が、おもんにそんなことを言っても、可哀そうに——と思われるだけのような気がした。

「いえ、甥《おい》が二人おりましてね。ええ、妹の子なんですよ。妹は、死んだ連れあいと同業の経師屋と一緒になりましたが、甥は二人とも、妹の亭主が出入りの日本橋の大《おお》店《だな》に奉公致しました。この甥がどういうわけか、伯母さん、伯母さんとわたしを慕ってくれましてね、お得意様へ向かう途中に、ちょいと寄ってくれたりします」

喋《しゃべ》っているうちに、おすまは本当に妹がいて、二人の甥がかわるがわる顔を見せてくれるような気がしてきた。

「で、弟の方が、わたしの伜になってくれることになっているんですよ。わたしは、この子が暖簾《のれん》を分けてもらう日を楽しみにして、暮らしています」

おもんがおすまを見た。おすまは、うっとりと微笑しておもんを見返した。唐津屋の暖簾を分けて貰《もら》った甥が、嬉《うれ》しそうにおすまの家へ駆けてくる光景が、ありありと見えた。

「お幸せそうですねえ」

「おもんさんこそ」

　土手に薄日が射してきた。大島川の水も、灰色から金色に変わっている。おすまは不意に、昨日の洗濯物を家の中に干してきたのを思い出した。嬉しそうに駆けていた甥の姿が、あとかたもなく消えた。おすまは、のろのろと立ち上がって腰を伸ばした。

「もうお帰り？」

　おもんが言った。

「日暮れには、まだ間がありますよ」

「でも、甥が来るといけないから」

　おもんは、黙って重箱をかさねた。一緒に帰るつもりかとおすまは思ったが、風呂敷も結ばずに川を眺めている。

　孝行息子だと言いながら一緒に暮らさないのは、暮らせぬわけがあるにちがいないとおすまは思った。とすれば、おもんも一人ぼっちだ。善人だが子福者で、「淋しかったら、うちの子を持っていっていいよ」とおすまの悩みを笑いとばす近所の女達と違い、話相手になってくれるかもしれない。

「おもんさん、よかったら家へおいでなさいな。近所の子供の声がちょいと騒々しいけれど、お茶を淹《い》れますよ」

「ええ、お蔭様で」

「だって、甥御さんが……」

「今日来るとは決まってやしません。汚い所ですが、おいでなさいな」

おもんは思いきりの悪いようすで川を眺めていたが、しばらくして、「それでは遠慮なく――」と、妙に口ごもりながら言った。

「で、月に一度、おもんさんと会うことにしたんですよ」

と、おすまは言った。

大島川沿いの澪通《みおどお》りにある菊乃湯の流し場だった。八ツ半（午後三時頃）を過ぎたばかりで、女湯は空いている。

おすまの隣りで糸瓜《へちま》を使っていたお捨《すて》は、手をとめておすまの話を聞いていた。頬も胸も、腰も腕も、皆ふっくらと太っていて、ぬけるように色が白い。

背中を流しましょうと、おすまはお捨のうしろへまわった。おすまより二つ年下だというが、それにしても艶《つや》やかな白い肌だった。

「きれいですねえ、お捨さんは」

「あらいやだ」

お捨は軀をよじっておすまを見上げ、転がるような声で笑った。

「わたしより、おすまさんの方がずっときれいですよ」

「とんでもない。お捨さんとくらべたら、ほら、艶がこんなに違いますよ」

「そりゃ、おすまさん、わたしは太っていて皮が引張られていますもの」

おすまの差し出した腕に腕を並べてみせて、お捨はまた、ころころと転がるような声で笑った。

「そういえば、この間、笑兵衛さんに会いましたよ」

「夜通し起きている商売ですから、昼間は眠っているんですが、近頃は早めに起きて、昨日の将棋の敵討《かたきう》ちに出かけて行くんです。返り討ちにあうというのに」

「それがね、昼間笑兵衛さんに会うのはめずらしいし、笑兵衛さんもどこかの旦那様みたようで、知らん顔をして通り過ぎるところでした」

「まあ。帰ったら、笑兵衛に話して喜ばせてやりましょう」

笑いながらお捨は礼を言い、交替しておすまのうしろへまわった。

お捨は、木戸番の女房である。

絵草紙や川柳では、欲深で臆病と木戸番の相場はきまっていて、皆それらしく描かれているが、お捨の夫の笑兵衛は、古武士のような風貌の持主だった。その上、荷揚げ人足の清太郎が花火を上げた時は、いろは長屋の差配の弥太右衛門らと財布をはたいて舟を仕立てたというし、匕首《あいくち》を持ってむかってきた盗人を、あざやかに投げ飛ばして捕えたこともあるという。お捨の立居振舞にも品があり、中島町界隈《かいわい》では、二人が京の由緒ある家の生れだとか、武家の出だとか、日本橋の大店の主人だったとか、さまざまな噂が流れていた。

「ところで、さっきのお話ですけど」

と、お捨が言った。

「おもんさんには、いつお会いになるんですか」

「四月の五日、まだ半月も先の話なんですよ」

「まあ。待遠しいでしょう」

「楽しみですよ」

「月に一度だなんて約束をなさらずに、ちょくちょく気軽にお会いになればいいのに」

「でも、お互いに忙しいし……」

おすまは、曖昧《あいまい》に言って話を変えた。

「笑兵衛さんは、今日も敵討ちですか」

「今日は店番をしてくれていますが、あの人のことですから、今頃、草鞋《わらじ》を二、三文安く売っているかもしれませんねえ」

お捨の笑い声が、湯気にくるまれて柔かく響いた。

おすまが不愉快になるのは、こんな時だった。

木戸番は、町から出る手当では暮らしてゆけないので、女房が蠟燭《ろうそく》や手拭いや、浅草紙や草鞋などの雑貨を売っている。その利益など、たかがしれている筈だった。おすまより、貧しい暮らしをしているわけなのである。ところが、お捨には、あくせくしたところがまるでなかった。話に聞けば、貧乏のさなかに娘を死なせたり、苦労もしてきたらしいのだが、その翳《かげ》が微塵《みじん》もないのだ。

亭主に甘ったれているからだ。

そう思う。

子供を亡くしたって、貧乏暮らしをしていたって、亭主が木戸番をしているうちは、食いっぱぐれがないもの。自分で自分の面倒をみなければならないわたしとは違うのさ。

お先に——と挨拶をして、お捨が上がっていった。

おすまは、少しの間、小桶の中の手拭いを見つめていた。

やはり、話相手はおもんしかいない。

お捨に言われるまでもなく、おすまももっと頻繁《ひんぱん》におもんと会いたかった。唐津屋の仕着せのほかに近所からの頼まれ物も安く縫っているので始終いそがしかったが、おもんとのお喋りは仕事の邪魔にならず、むしろ、助けとなる筈だった。嘘と事実をつきまぜて、思いきり昔話をした半月前の日の夜は、面白いように針が動いたのである。ぼんやりとして篦《へら》を間違えたり、針で指先を突つくようなことは決してなかった。が、月に一度会おうと言い出したのは、おもんの方だった。息子夫婦と一緒に暮らせぬわけがあるらしいおもんが、月に一度でいいと言っているのに、養い子になる約束の甥がいるおすまが、もっと頻繁に会いたいとは言い出しにくかった。

おすまが黙っていたので、おもんは、その日からきっかり一月《ひとつき》後の四月五日にたずねてくると言って、帰って行った。いいと言うのに、重箱の煮〆も握りめしも、袂《たもと》に入れていた菓子までも置いていった。ひさしぶりに心ゆくまで昔話をしたと、おもんも上機嫌だった。

四月五日には、死んだ亭主の惚気《のろけ》を聞かせてやろうと、おすまは思っている。夫は酒も飲まず煙草も吸わず、博奕《ばくち》は無論のこと、女遊びに目を向けたことさえなかった。唯一の楽しみは、当時急激にふえていた寄席へ出かけて行くことで、それも三度に二度はおすまが一緒だった。あとの一度は、浄瑠璃《じようるり》や落咄《おとしばなし》を聞いて夜更しをするより眠った方がよいと、おすまがついてゆかなかったのである。

亭主の女房思いは天下一だったと、おすまは言ってやりたい。花見へ行こうと男に誘われたらしいおもんに負けてはいられないのだ。

おすまは、もう一度、衿首《えりくび》を糠袋《ぬかぶくろ》でこすった。

四月五日だった。

薄雲が広がって、胴着を着たいような肌寒さだったが、雨の心配はなさそうだった。おもんも、この程度の空模様なら、億劫《おっくう》がらずに出かけてくるだろう。

おすまは、朝早くから起きて掃除をし、湯を沸かしておもんを待った。手足の爪先《つまさき》までそわそわして、針仕事などできるわけもなく、そのくせ思いきって針箱をしまうこともできずに、幾度も針で突ついては血のにじむ指先を舐《な》めていた。

どぶ板を踏む足音が聞こえるたびに、動悸《どうき》が激しくなる。

足音が軒下でとまって、案内を乞《こ》うおもんの声が聞えたら、何と答えよう。待っていたんですよ——と土間へ飛び降りるか、針箱と反物をほんの少し部屋の隅へ押し寄せて土間へ降り、鷹揚《おうよう》な微笑を浮かべて戸を開けるか。

いずれにしても座敷に上がってもらって、茶を淹《い》れる。ふと気がつくと、茶菓子を買うのを忘れていた。おいちやねじがねはあるが、一月ぶりにたずねてくる客に駄菓子をすすめる者もいないだろう。

おすまは外へ飛び出した。

が、菓子を買いに行っている留守におもんがたずねてきて、約束の日に出かける人もないものだと、腹を立てて帰られたら困る。おすまは、両隣りに、客が来たら家で待ってもらってくれと頼み、路地で遊んでいる子供達にも同じことを頼んだ。

それでも手違いが起こりはしないかと駆け足になった。右隣りは子供が生れたばかりだし、左隣りの女房は始終絵草紙屋へ油を売りに行っているし、子供達はいつまでも狭い路地で遊んではいない。

羊羹《ようかん》を買い、饅頭《まんじゆう》を買い、煎餅《せんべい》も買った。途中ですれちがった蕎麦《そば》屋には、あとで天ぷら蕎麦を頼むかもしれないと声をかけた。

おすまは、額に汗を浮かべて戻ってきた。来ているかもしれないと、少しばかり好きだった男のいた娘の頃のように心がときめくのを、深い呼吸で鎮《しず》めて、ゆっくりと戸を開ける。

誰もいなかった。座敷はおすまが出かける時のままで、縫いかけの木綿の着物が針箱に寄りかかっていた。

おすまは、両隣りをたずねた。右隣りのおとくは眠っている赤児のそばで、上の子供の着物をほどいていて、左隣りのおつねは、売れ残りを貰ってきたらしい錦絵で、唐紙の破れをふさいでいた。

誰も来なかったと女達は言った。おとくは、「時分《じぶん》どきだから、もう少したってから来なさるんでしょう」とこともなげに言い、おつねは、「出入口の戸を開けて、路地の人通りを見張っててあげたんだよ」と恩着せがましかった。路地から長屋の木戸口に遊びの場を移していた子供達も、知らない人は来なかったと口を揃えた。

おすまは、不安になった。おもんは約束を忘れたのだろうか。それとも、息子が孫を連れて遊びに来たので、約束を破る気になったのだろうか。

九ツ（十二時頃）の鐘が鳴った。遊んでいた子供達が、昼の御飯に呼ばれて左右に散って行った。

おすまは、立ち上がりかけて、また腰をおろした。七ツ半（午前五時頃）に起きて、掃除にとりかかる前に茶漬けを流し込んだだけなので、空腹の筈なのだが、食べようという気持が起こらない。天ぷら蕎麦をおもんと食べる光景が、目の前にちらついた。一人きりではない食事など、ひさしぶりのことだった。

鉄瓶の湯がさめていた。

おすまは、七輪を抱えて路地へ出た。

遊び飽《あ》きたのか、仲間はずれにされたのか、四歳になるおとくの子が、かまってもらいたそうに七輪の前へ蹲《うずくま》り、おすまが火をおこすのを眺めている。肩を突ついてやると、待っていたように小さなこぶしを振った。その着物の袖付《そでつけ》がほころびている。おすまは、小さなこぶしを両の掌で受けとめた。

「正ちゃん、ちょっと小母《おば》ちゃんとこにおいで。そこ、縫ってやろう」

湯も沸いてきたので、おすまは七輪の火を消した。正太は、喜んでおすまのあとについてくる。

裸にした子に自分の浴衣《ゆかた》をかぶせ、ついでに頰ずりをしてやった。赤ん坊の弟に母親を奪われている正太は、甘えた笑い声をあげておすまにすがりついてきた。

滑《なめ》らかな頰を撫でてみたり、いたずらをする小さな手を軽く叩いたり、正太と遊んでいる間は、おすまもおもんとの約束を忘れていた。が、ほころびを縫い終えた着物を着せてやり、煎餅を食べさせているところへ母親の呼ぶ声が聞えてくると、正太は、ためらいもなく立ち上がった。

「何だ、おすまさんのとこにいたのか。ちゃんとご馳走さまって言ったかえ？」

「うん——」

小さな草履を突っかけて路地へ飛び出してゆき、弟の玩具《おもちゃ》をこわしただろうという母親の叱言にかぶりを振っている。叱られても殴られても、おすまより母親の方がよいのだ。明日の朝には、ほころびを縫ってもらったことも、煎餅を食べさせてもらったことも忘れているだろう。

正太が開け放していった戸の間から、いつの間にか夕闇が入り込んで、家の中をひんやりと薄暗くしていた。

おもんは来ない。

おすまは、菓子鉢の中の饅頭を見た。汗をかき、息を切って買って来た饅頭だった。姿を見せない食べ手のかわりに、土間へ叩きつけてやりたかった。

何が、月に一度会って思いきり昔話をしよう――だ。何が、同じ年頃の人間でなければ話が通じない――だ。今頃おもんは、息子や嫁にかこまれて、「若い人はいいねえ」と喜んでいるのだろう。

おすまは、手拭いと糠袋をとった。湯屋へ行って、腹立たしい気持も洗い流して来ようと思った。

だが、もし、湯屋へ行っている間におもんが来たらどうしよう。急用のできたおもんが、いそいで用事を片付けて、息せききって駆けて来るかもしれないではないか。いそいで用事を片付けたのにおすまが留守では、おもんも怒るにちがいない。土産の鮨《すし》を土間に叩きつけて帰るかもしれず、とすれば、連れあいをなくした一人暮らしで、同じ年頃の話相手をなくしてしまう。

おすまは、手拭いと糠袋をもとの場所に戻した。針箱を引き寄せて、縫う気もない反物を膝の上に広げてみる。

家の中の夕闇は、次第に濃くなった。どぶ板を踏む足音がしたので路地へ飛び出したが、おつねの亭主が普請場から帰って来たのだった。驚いておすまを見つめる男に、言訳けにならぬ言訳けをして、おすまは家の中に戻った。

おとくが、正太のほころびを縫ってもらったお礼にと、生節《なまり》と筍《たけのこ》の煮つけを持ってきた。灯《あか》りもつけずに坐っているおすまを見て、「お客さん、来なさらなかったねえ」と言う。少し油を売ってゆくつもりか、上り口に腰をおろした。

「丼《どんぶり》をうつしておくんなさいな。今、持って帰るから。――あら、空っぽで返しておくんなさいったら」

おとくは、丼と一緒に渡された饅頭を、軽くおしいただいてみせた。

「お客さんって、この間みえなすった人でしょう」

おすまはうなずいて、眉をひそめてみせた。

「伜がいるのに、一人暮らしなんですとさ。淋しくってしょうがないと言いなさるからね、わたしもこの通りの一人暮らしだから、遠慮なくおいでなさいと言ってやったのに」

「伜さんは、おっ母《か》さんをひきとれないほど貧乏なんですかねえ」

「塗師屋だって言ってなすったけど」

「腕が悪いのかねえ。おすまさんのご亭主とは、えらい違いだ」

「おや、とんだところで褒《ほ》められたね、うちの亭主も」

おすまは、嬉しそうに笑った。

「いつも同じことを言うようだけど、うちの亭主に限らず、昔の職人は腕がよかったのさ」

「うちのも、そう言っていたっけ」

「それがわかっているから、おとくさんのご亭主は腕が上がるのさ。そりゃね、うちの亭主なんざ、固いだけが取得のように言われていたけど、それでも今の経師屋に比べたら、まるで違うよ。今は、うっかりしたのに頼むと、唐紙がガタピシしちまうだろう？　昔の職人は、みんな、腕を磨くのも楽しみにしていたからねえ……」

おすまが喋り出すと、おとくは腰を浮かせた。おすまは、気がつかずに膝から反物をおろして身をのりだす。

「表具もできたんだよ。おとくさんにも見せたかったねえ。安物だけど、掛軸が何本かあったのさ。ここへ引越して来る時に、二束三文で売り払っちまってね……」

「ちょいとご免なさい。赤ん坊が泣いているようだ」

おとくは、おすまの言葉を遮って立ち上がった。おすまは、ようやく喋り過ぎたことに気がついた。耳をすましても、赤ん坊の泣き声は聞えなかった。

おもんだったら、最後まで聞いてくれたと思う。おすまの話を横取りして、自分の思い出話を長々とする時もあるが、それでも話の腰を折って立ち上がることはない。喋りたかった。思う存分、喋りたかった。なのに、おもんは約束を破った。

薄れかけていた情けなさが、胸を突き上げた。

おすまは、灯りもつけずに茶碗へ御飯をよそった。湯も沸かさず、干物も焼かなかった。

おとくがくれた筍を頬ばっては、御飯のかたまりを口の中へ入れる。筍の味も、御飯の味もわかりはしない。大粒の涙が流れてきて筍や御飯をぬらし、おすまは、泣き声を洩らしそうになる口の中へ夢中で筍を押し込んだ。

永代寺門前に住んでいるおもんとのお喋りより、近所の女達の親切の方がどれだけ有難いかは身にしみてわかっていた。おすまが病んだ時、親身に面倒をみてくれるのも、近所の女達にちがいなかった。

だが、おすまが息絶えた時、おすまの死を悲しみ、もっと生きていてくれと叫ぶのはおとくやおつねではなかった。おすまにはわかる。おもんにとっても、思う存分昔話ができるのは、おすましかいない筈だ。おすまがおもんといる時に、優しい妹と伯母思いの甥にかこまれた幸せな女になれるように、おもんも、親孝行な息子と嫁をもった幸せな母親になれるのだ。おすまの亡骸《なきがら》にとりすがり、もっと生きていてくれと叫ぶのは、おもんしかいない——。

それなのに、おもんは来ない。

ばか、唐変木《とうへんぼく》、すっとこどっこいめ——。

筍と御飯を押し込んだ口が、とうとう大きく歪《ゆが》んで、おすまは泣き声をあげた。若いと言われる頬がたるみ、目尻にも皺が出て、六十を過ぎた女のようになった顔を、涙が容赦なく汚していた。

その翌日、おすまは菊乃湯で木戸番小屋のお捨に会った。気づかぬふりをしていたかったのだが、お捨は愛想よく挨拶をし、二人の間にいた女が、きかさぬでもよい気をきかしてお捨に場所をゆずってくれた。

「よろしゅうございましたね、昨日は」

お捨は、糠袋で衿首をこすりながら言った。

「ちょっと寒うございましたけれど、雨が降らなくって」

「ええ、お蔭で洗濯ができました」

おすまは、無愛想に答えた。お捨は驚いて目をしばたたいたが、「お友達は？」と尋ねた。おずおずとした口調だった。

「お友達ですって？」

おすまは、おか湯を汲《く》みながら首をかしげた。

「何のことだろう」

「あら、おみえにならなかったんですか」

お捨は目を見張った。

「あんなに楽しみにしておいでだったのに」

「ああ、おもんさんのこと――」

おすまは、ひきつりそうな頬を糠袋でこすった。

「わたしも忘れていたけど、向こうも忘れたようですよ」

お捨は口を閉じた。横目で見ると、糠袋を頤《あご》に当てて考え込んでいる。おすまは、黙って軀を洗いはじめた。

「おすまさん――」

と、しばらくたってからお捨が言った。

「少し変じゃありませんか」

「何がです？」

「だって、昨日の約束を、おすまさんはあんなに楽しみにしておいでだったじゃありませんか。おもんさんが楽しみになさらない筈はありませんよ」

「さあ、どうですかねえ」

「あの、おもんさんのお住居《すまい》は、永代寺門前でしたね」

「ええ。でも、詳しいことは知らないんですよ」

「お節介で申訳けないけれど」

と、お捨は、手を合わせて詫《わ》びるような恰好をした。

「わたしが、おもんさんをおたずねしてもいいかしら」

「そりゃかまいませんけれど」

おすまは、多少呆れてお捨を見た。笑兵衛がいるのだから、話相手を探さなくともよさそうなものだと思った。おすまに見つめられて、お捨は恥ずかしそうに身をすくめ、ふっくらとした軀を湯舟の中へ沈めに行った。

お捨がおすまの家をたずねて来たのは、その翌々日のことだった。

「お誘いに来たのですよ」

と言われて、おすまは針箱をふりかえった。

昨日も始終ぼんやりとしていて、片袖を縫っただけで日が暮れた。その上、片付けようとして気がつくと、待針《まちばり》を縫い込んでいた。ほどいて待針を出して、そのまま夕飯にして床に入ったので、結局、一日中何もしなかったことになる。お捨がおもんを探しあて、おすまがそんなに会いたがっているのなら、暇をつくって話をしてもいいと言われてきたのなら、誘いを断って仕事をしていたかった。

「でも、ぜひ一緒に行っていただきたいんですよ」

常に似ず、お捨は強引だった。おすまは、溜息《ためいき》をつきながら着物を着替えた。

永代寺の門前は茶屋町で、表通りと言わず裏通りと言わず、料理茶屋が軒を連ねている。桜の季節も終り、さすがに今の時刻から料理屋に上がろうという者はいず、町《まち》中《なか》は閑散としているが、八幡宮への参道は、四方の町から集まる善男善女で賑わっていた。

お捨はまだためらいがちに歩いているおすまの手を引いて早足になった。一の鳥居をくぐり、参詣客をかきわけて進み、暗い水をたたえた入り堀の角《かど》を曲がる。永代寺の裏で十五間川《じゅうごけんがわ》と名を変える油堀《あぶらぼり》からの入り堀で、その右手は山本町だった。おもんは永代寺門前としか言わなかったが、山本町に住んでいるらしい。よくお捨が探し当てたものだった。

お捨は、黙って裏通りに入った。間もなく油堀に突き当るというところまで歩いて、右側を指す。柱が灰色に変わっている長屋の木戸があった。

ここ？――

目で尋ねると、お捨も黙ってうなずいた。

おすまは、先に木戸を入った。どぶ板も腐っていて、踏みぬいた跡がある。路地の両側に四軒ずつの八軒長屋で、猫の額ほどながら庭もついているらしく、おすまの住んでいる長屋より狭苦しい感じはないが、何年前に建てたものなのか、軒が傾《かし》いでいるように見えた。

おすまがあたりを見廻していると、お捨が「そこ――」と、小さな声で言った。右側の三軒目の家だった。

表戸の障子に破れもなく、盥《たらい》や洗濯板もきちんと家の中にしまってあるのだが、軒下には蜘蛛《くも》の巣が張り、障子の桟《さん》には埃《ほこり》が積もっている。いやな予感がして、おすまは急いで戸を開けた。

熱のにおいが鼻をついた。座敷の真中に床が敷かれ、おもんがその中にいた。

「おもんさん――」

おすまは、お捨のいることも忘れて駆け寄った。

「どうしたのさ。だらしがないじゃないか」

知らぬ間に、昔馴《なじ》染みに会ったような言葉で話しかけていて、懐しい人にようやくめぐり合えたような涙がこぼれてきた。

「勘弁しておくれよ」

おもんも、高い熱に息をはずませながら親しげに言った。

「風邪をこじらせちまってさ。ずいぶん待っててくれたんだってね」

「そうさ。来られないのなら、伜さんにでもことづけを頼みゃいいじゃないか。そうしたら、すぐに見舞いに来られたのに」

「それも、勘弁しておくれよ」

おもんは弱々しく笑った。

「伜なんざいやしない。知らせようがなかったんだよ」

「一人ぼっちだったのかい、おもんさんも」

おすまは遠慮なく涙をこぼしながら、おもんの涙を拭った。おもんの涙も際限がなかった。

「家《うち》ん中《なか》を見てごらんよ。何もありゃしないだろ。着物をとっておいても、くれてやる娘はいない。金足《きんあし》の簪《かんざし》だって、おっ母さんのかたみだと眺めてくれる者はいやしないよ。そう考えると、何もかもばかばかしくなっちまってね」

「わかるよ。わたしの家だって、空《から》っぽだもの」

「でも娘が一人いたんだよ。娘の亭主が塗師屋で、これはいい職人なんだけど、肝心の娘が死んじまってさ。娘の亭主は後添《のちぞ》いをもらっちまったから、わたしとは縁遠くなっちまったわね。何とか暮らしてゆけるだけのものは届けてくれるけど、おすまさんが羨《うらやま》しいよ」

「ご免よ。わたしの甥っ子も嘘だったんだよ」

おもんは、おすまと顔を見合わせて苦しそうに笑った。

「待っといで。今、つめたい水を汲んでくるから」

「すまないねえ」

「何を言ってるのさ。友達じゃないか」

おすまは、手桶をさげて路地へ出た。井戸は、木戸の右横の仕舞屋《しもたや》にあるという。水を汲みながら、おすまはお捨に誘われて出かけて来たことを思い出した。あわてて路地に戻り、お捨を呼んだが、奥の家から子供が顔を出しただけでお捨の返事はなかった。

木戸番小屋の横をその枝川が流れてゆく仙台堀は、途中から二十間川と名が変わる。澪通《みおどお》りをはさんで向かい側にある自身番《じしんばん》屋の裏手には、大島川が流れているが、この川を二十間川と呼ぶ人もいた。

自身番屋の横の新地橋は、享保十九年（一七三四）に、はじめて大島川にかけられたという。橋の向こうの突出新地《つきだししんち》は、昔、海の中の小島で、波に洗われては崩れていた越中島の西南を埋め立てたところで、今では五明楼《ごめいろう》、大栄楼《だいえいろう》、百歩楼《ひやつぽろう》などの妓楼が軒をつらね、江戸でも屈指の遊び場となっている。

自身番に交替で詰めている差配《さはい》の弥太右衛門《やたえもん》は新地橋の上でのびをして、それから手をうしろに組んで澪通りを横切った。定廻《じょうまわ》り同心の来る時刻には間があるので、木戸番の笑兵衛《しょうべえ》に、将棋の勝負を挑むつもりだった。

「笑さん、起きているかい」

声よりも先に小屋へ入った弥太右衛門は、笑兵衛と鉢合わせしそうになって軀を横にひねった。うまく避《よ》けたつもりだったが、ひねった軀を足が支えきれず、今にも転びそうにのめって、壁に突き当って止まった。

賑やかな笑い声が聞えた。

見ると、一間《ひとま》しかない部屋を三人の女が占領している。一人はお捨だが、あとの二人は見知らぬ女だった。

弥太右衛門は会釈とも照れかくしともつかぬ挨拶をして、笑兵衛の袖を引いた。

「何だい、ありゃ」

「友達さ」

「え？」

「月に一度、どこかの家に集まって、思いきり喋りまくるんだとさ」

「へええ」

「お蔭でこの通りだよ」

笑兵衛は、抱えていた風呂敷包みの端を開けて見せた。枕が入っていた。

「裏の炭屋さんの二階で、寝かせてもらうことにした」

「おっそろしい話だね」

笑兵衛は、笑いを噛み殺しながら弥太右衛門を外へ連れ出した。

「覚悟しな。弥太さんの顔を見たから、きっと、弥太さんのおかみさんをお捨が呼びに行くよ」

「ちょっと待ってくんなよ」

「お捨に言いな」

「うちの婆さんが、友達って柄かよ。もっとも、お捨さんのほかは婆さんのようだが」

「うちのも立派な婆さんさ。炭屋のおかみさんも、子供が手習いから帰って来たら顔を出すと言っていたよ」

「ぶるぶる」

弥太右衛門は、大仰に震えてみせた。

「うちの婆さんが、今日はお友達に会うからと、めかしはじめたらどうするえ？　考えただけでも、ぞっとするよ」

「もう遅いよ」

笑兵衛は、腹を抱えて笑い出した。お捨が忙しげな足どりで、木戸番小屋から出てくるところだった。

「弥太右衛門さん、おかみさんはお家ですか」

「へえ、おりますよ」

「ちょっと来ていただいてもよろしいでしょう?」

「どうぞ、どうぞ」

「よかった――」

お捨は、胸を撫でおろしてみせて駆けて行った。

「くそ――」

弥太右衛門は、お捨の後姿にこぶしを振りまわした。これほど美しい人はいないとお捨に感服しきっているので、お捨に頼まれると首を横に振れず、愛想笑いまで浮かべてうなずいてしまったのが、我ながら情けないらしい。

「何とかしてくんなよ、笑さん」

笑兵衛は、まだ笑っている。

「笑さん――」

「放っときなよ。こっちはこっちで、将棋でもさすことにしようじゃないか。呼べば、豆腐屋の金兵衛さんも来るよ」

笑兵衛は、お捨が、大切にしていた紬《つむぎ》の着物を袖なし羽織に仕立て直したのを覚えている。三、四年前のことだった。派手になってしまったから――と言っていたが、お花が生きていたら喜んで横取りをしただろうし、お捨も、何でもかでもわたしの物を持ってゆくと溜息をつきながら嬉しそうな顔をしていたことだろう。着物に鋏《はさみ》を入れる時は、どんな気持だったのか。そういえば、澪通りへ来て間もなく買った錦絵も、先日、枕屏風の破れに貼ってしまった。とっておいても、しようがないと思ったのだろう。

「しようがないなあ。それじゃ、こっちも金兵衛さんを呼んでくるか」

卯の花曇りの季節だが、今日はよく晴れている。

名人かたぎ

今年は、富岡八幡宮の本祭礼であった。

あまりの人出に永代橋《えいたいばし》が落ちた文化四年（一八〇七）以来、練りものは出なくなったが、八幡宮門前から本所《ほんじょ》お舟蔵前《ふなぐらまえ》のお旅所《たびしょ》へ渡る神輿《みこし》が氏子《うじこ》の自慢で、八月十四日と十五日の両日は、あいかわらずの賑《にぎわ》いを見せる。

「深川の祭りは、風流さ」

と、中島町いろは長屋の差配《さはい》、弥太右衛門《やたえもん》が言った。通称澪通《みおどお》りの木戸番《きどばん》小屋の前で、木戸番の笑兵衛《しょうべえ》は、腕組みをして弥太右衛門の祭り談議に耳を傾《かたむ》けていた。

「見なよ、笑さん。いい気分じゃないか、どこの家にも幟《のぼり》がたってさ、風にひらひらとはためいてさ。これが、深川の祭りだよ」

笑兵衛は、腕組みをといてうなずいた。

木戸番小屋の向かいは自身番《じしんばん》、自身番側は大島川の土手だが、木戸番側の家々は、『奉納』の文字を白く染め出した藍《あい》や海老茶《えびちゃ》の幟をたて、軒に七五三縄《しめなわ》をめぐらして献灯《けんとう》をかかげている。お神酒《みき》所は、町の東を流れる黒江川が大島川にそそぎこむ角《かど》の乾物屋の店先につくられて、揃いの着物を着た町内の世話焼きが、また寄付があったらしい角樽《つのだる》をさげて駆けて行った。

よく晴れた空の隅には鰯雲《いわしぐも》が浮かんでいるが、照りつける日射しはまだ夏のものだった。紅白の幕が張りめぐらされたお神酒所へ向かう若者の背には、汗がにじんでいる。樽神輿をかつぎに行く子供達の声が、あちこちから聞えてきた。

「ところで、お捨《すて》さんはまだかえ」

「うむ。八幡様へお詣《まい》りに行くだけというのに、女は手間がかかっていけねえ」

「いいじゃないか。お捨さんがおめかしをしたら、どれほど綺麗になるか」

弥太右衛門は真顔で言った。

「よせやい」

笑兵衛は苦笑して、「早くしないか」と小屋の中へ言った。

「まああ、お見送りをしていただけるのですか」

笑いながら、お捨が小屋の外へ出て来た。髪を結い直していたらしい。色白でふっくらと太った大柄な軀《からだ》に、利休鼠《りきゅうねずみ》の着物がよく似合って、何不自由なく暮らしているご隠居のように見える。

「やあ、綺麗だなあ。とても木戸番の女房には見えない」

弥太右衛門は感心し、ついで心配そうな顔になった。

「気をおつけなさいよ。貧乏木戸番の女房ならいいが、裕福なご隠居様だと掏摸《すり》に狙われる」

お捨は、ふんわりと頭をさげた。

「よく気をつけます。では、行ってまいります」

笑兵衛はてれて、ろくな返事もせずに小屋の中へ入ったが、弥太右衛門はいつまでもお捨の後姿を見送っていた。お捨はもう一度頭をさげて、お神酒所の角を曲がった。

八幡宮門前のお仮屋には、まだ三基ともお神輿が飾られていた。間もなく神幸《しんこう》するのだろう、担ぎ手の男達が集まっている。昔は病除けになるといってお神輿を担いだというが、今は根っからの祭り好きばかりで、神幸する町と町との境では、神輿が地面に落ちそうなほど揉《も》みあったり、寄付の少なかった家へ担ぎこんだりして大騒ぎする。その見張り役も兼ねている町役人や旦那衆が、裃《かみしも》姿で右往左往していた。

境内は、身動きもできぬほどの人混みだった。そこへ、お休みなさいませという茶屋女の甲高い声が響いてくる。お捨は、さしてきた日傘をつぼめた。

汗がふきだしてきた。すげえ人だな――という声が、あちこちから聞える。誰もがその混雑まで楽しんでいるようだった。

ようやく参詣をすませた時、表門の方でどよめきがあがった。お神輿がお旅所へ向かうようだった。境内の人波の中に渦ができた。この人混みでは——と、一時《いちじ》は神幸の見物を諦《あきら》めた人達が、どよめきを聞いて矢も楯もたまらなくなり、表門の方へ引き返しているのだった。

お捨は、混雑を避けて拝殿の裏へ降りた。二軒茶屋と呼ばれる料理屋が並び、その向こうに十五間川《じゅうごけんがわ》の舟着き場がある。

永代寺の前から裏門へ向かい、何気なくふりかえると、やはり混雑を避けたらしい五十がらみの女が驚いたように足をとめた。背の高い痩せた女で、見覚えはない。お捨は、人なつこい微笑を浮かべて挨拶をした。女は何が気に入らぬのか、舌打ちをして横を向いた。

表門の方からは、お神輿をかつぐ威勢のよい声が聞えてくる。

「おや、まあ」

お捨の脇をすりぬけた女を見て、お捨は思わず大声を出した。気がつくと、お捨は首にかけた財布の紐を握っていて、女は紐の先の財布を握っている。女が財布を抜き取ったのは無論のこと、お捨は、自分が財布の紐を握ったことも知らなかった。

「ちくしょう——」

女は財布を叩きつけて、裏門の人混みにまぎれ込もうとした。

「ちぇっ、何をするんだよ」

もう一度その女の声が聞えて、呆然と立っているお捨の前に、腕をねじあげられた女が押し戻されてきた。

「おや、まあ」

「何が、おやまあだい。わたしゃ、何にもしちゃいないんだからね」

「てやんでえ。お捨さんの財布を掏《す》ろうとしたじゃねえか」

お捨は、我に返って女を眺めた。女のうしろから、見覚えのある顔がのぞいていた。指の火傷《やけど》がもとで、火消しから賄《まかな》い屋の若い者となった勝次であった。

「お捨さん。神尾《かみお》の旦那が、ちょっと来てくれと言ってなさるんだ」

自身番の書役《しょやく》が、申訳けなさそうな声で言った。

笑兵衛はよく眠っている。

「俺が店番をしていようか」

書役は、草鞋《わらじ》や蠟燭《ろうそく》や浅草紙などの商売物がならんでいる土間を見廻した。

「そんな、あなた」

お捨はふっくらとした手を口許《くちもと》にあてて、ころがるような声で笑った。

「持って行きたくなるような物は、何もありゃしませんよ。うちの人を持って行かれるとちょっと困るけど、鼾《いびき》をかいて眠っているお爺さんを、持って行く人もいないでしょう」

その言葉が聞えたように、笑兵衛が寝返りをうった。色の浅黒い、彫りの深い顔がこちら向きになった。

「ちょうどよかった。神尾様にお強飯《こわ》を召上がっていただきましょう。お祭りには、よその町のお方《かた》を多勢お招《よ》びして、賑やかにご飯を食べたいのに、うちのお知り合いは、ご町内の氏子の方ばっかりで」

お捨は、強飯《こわめし》と煮〆の重箱を持って澪通りを渡った。自身番の前にいた弥太右衛門が、重箱を見て、茶をいれかえに中へ入った。

元来、自身番には町内の地主が交替で詰めなければならないのだが、地主達は、夜の当番や火事や盗難がおきたあとの面倒な仕事を嫌い、長屋の管理人である差配にその役目もまかせるようになった。年寄りが多い差配達は、いずれも軀の動くうちは伜《せがれ》の世話にならぬと言い張って、当番ではない日も自身番へ将棋をさしにくる。

定町廻《じょうまちまわ》り同心の神尾左馬之介《さまのすけ》は、座敷の上り口に腰をおろしていた。十三歳で見習いに出て、同心として抱えられてから三年目の二十七歳、先代から使われている岡っ引の伝次は、旦那は大物なのか怠け者なのかと心配しているが、こだわりのない性格がどこの自身番でも好評であった。

「や、これは有難え」

左馬之介は、早速箸《はし》をとって言った。

「実は先刻、賄い屋の勝次に会ってね」

やはり、そのことかとお捨は思った。八幡宮で勝次が捕えた掏摸を、お捨は逃がしてやるように頼んだ。財布を盗《と》られたわけでもなく、女がしきりにあやまる上、物見高い人達に囲まれたので、お捨の方が逃げ出したくなったのだった。が、勝次はせっかく捕えたのにと、しきりに残念がっていた。

「で、この伝次が勝次に、その女の人相風態《にんそうふうてい》を詳しく尋ねたというわけさ。女は、名うての巾着切《きんちゃくつき》りに間違《まちげ》えねえそうだ」

「おくまという年季のはいった姐御《あねご》、いや婆さんだったんだぜ」

岡っ引の伝次は、取り皿の縁《ふち》についた強飯をまず食べて言った。五十歳を一つ、二つ出たところか、色白の左馬之介とは対照的に色の黒い小男で、額にも、目や口のまわりにも深い皺《しわ》が刻まれている。

「知らなかったとはいえ、それをあっさり放しちまうんだから恐れ入るよ」

「すみません。何も盗《と》れなかった人を、つかまえてはお気の毒な気がして」

「おくまは、どうしてしくじったのだろう。話に聞くおくまは、とてもそんな女じゃなさそうだが。ここ二、三年、年齢《とし》のせいか具合が悪くて寝ていたそうだから、腕が鈍ったのかもしれねえなあ」

「旦那。旦那の仰言《おつしや》ることを聞いていると、おくまが丈夫になって巾着切りを働くのを待っていなさるようだ」

「そんなことはねえよ。が、親分に目をつけられていながら商売替えもせず、それで一度もつかまらねえとは凄《すげ》えものだ」

「感心なすってるんじゃありませんか」

伝次は、顔をしかめてお捨へ視線を移した。

「お捨さんもお捨さんだ。何が、財布を盗れなかった人が気の毒だよ。それだけを聞いていりゃあ、お前《めえ》さんはやさしいお人だが、お前《めえ》さんがおくまを逃がしたお蔭で、なけなしの銭《ぜに》を盗まれる奴が出てくるかも知れねえんだぜ。ちっとはその辺を考《かん》えてくんなよ」

「ほんとうにそうでした。あいすみません」

「何、親分がその場に居合わせたら、親分がおくまを放していたよ」

左馬之介は、小皿に分けてもらった強飯をたいらげて、盛んにこんにゃくの煮〆を食べていた。

「伝次親分の手を焼かせたおくまが、こうあっさり素人《しろうと》につかまっちまったのでは、親分の立つ瀬がねえわな」

伝次は苦笑した。箸をおしいただくような恰好をしてお捨に礼を言い、あらためて気むずかしそうな顔になる。

「お捨さん。おくまは達者そうだったかえ。病いで亀戸村《かめいどむら》へ引っ込んでいた筈なのだが、また深川へ戻って来たのかどうか、その辺が知りてえんだ」

「たいそう威勢のよいお人で、ご病気とは思えなかったのですけれど」

お捨は、首をかしげながら答えた。

「でも、そういえば、胸をおさえて顔をしかめなすったことがありました」

「それだけかえ」

「ええ」

「帰《けえ》ってきやがったんだ」

伝次の、木の皮のように日焼けした顔が、ふとほころんだように見えた。

先刻から聞えていた神輿を担ぐ声が一段と高くなり、歓声とも悲鳴ともつかぬ声が沸き起こった。男達は、神輿をお神酒所の前で揉みに揉んでいるらしい。伝次は、皺の中に埋もれているような目をさらに細くして、ひとりでうなずいていた。

「そうよ、あいつは病い平癒《へいゆ》を願いに来て、ついふらふらと人のふところを狙うような奴じゃねえ。指が思い通りに動くようになったから、お捨さんを狙ったんだ。それでいてしくじるたあ……、あいつも年齢《とし》をとりゃがったな」

お捨は微笑した。左馬之介より、伝次の方がおくまの恢復《かいふく》を待っているように見える。

「出番だな、親分」

左馬之介が立ち上がった。小者《こもの》が御用箱を担《かつ》ぎ上げる。

お神酒所で酒をふるまわれていたらしく、静かだった男達の吠えるように叫ぶ声が聞えてきた。出立《しゅったつ》らしい。

左馬之介は、袖《そで》をたくしあげて外へ出た。御用箱を担いだ小者と伝次があとにつづく。が、左馬之介は、お神輿に向かって走り出していた。

「旦那。方角がちがいますぜ」

「ばかやろう」

左馬之介がふりかえった。

「神輿がそこに来てるってのに、知らぬ顔ができるけえ。おうい、弥太さん、おいらにも手桶を貸してくんな。思いっきり、水をひっかけてやろう」

弥太右衛門は、相好をくずして左馬之介を追いかけた。伝次はためいきをついてかぶりを振り、お捨はころころと笑いながら伝次にも手桶を渡そうと、木戸番小屋へ取りに行った。


角を曲がったところで、お捨は、笑兵衛へのことづけを忘れたことに気づいた。

「大変。目を覚ましたら、勝次さんのお頼みを話しておくと約束したのに」

賄い屋で働きはじめてから、勝次は、いろはのほかは読み書きもできぬ不自由さを痛感したらしい。店が閉まった後で小屋へ来るから、笑兵衛の夜廻りの合間に文字を教えてもらえまいかと頼みに来たのだった。

一瞬、お捨の胸のうちをつめたいものが通り過ぎた。手習いの師匠にならないかとすすめられたのを、きっぱりと断った笑兵衛の顔を思い出したのである。

あれはお花が死んで間もない頃、偽物の珊瑚《さんご》や鼈甲《べっこう》を売ってしまった弁償に苦労して、十日のうちに三日は食べ物が口に入らない暮らしをつづけていた時だった。

寺小屋の場所は神田三河町、師匠であった浪人が主家への帰参《きさん》がかなったため、早急に師匠をつとめてくれる者、それも浪人とその父親と二代つづいた能書家であったので、二人に劣らず書をよくする者を探しているのだという。生徒となる子供の数は五十人ほどだが、商家の多い地域の常で、多額の謝礼を包んでくる親が多く、先の浪人も、百石の武士に戻るより手習いの師匠の方が楽に暮らせると苦笑していたそうだ。二つ返事で飛びつきたい話だった。丸一日、水のほかは胃の腑《ふ》へ送っていない目の前に、炊きあがったばかりの米のめしが浮かんできたことも事実だった。

笑兵衛はひややかに首を横に振った。その話を持ってきてくれた人のうしろに、笑兵衛にとっては敵《かたき》のかたわれともいえるお捨の両親がいたからだった。

お捨の背を悪寒《おかん》が走った。病いがちなお花をあやしている時、打消しても打消しても浮かんでくるのは、恨《うら》みを抱いて死んでいった人達の思いがお花の成長を妨《さまた》げているのではないかという不安だったが、同じ恨みを、すぐそばにいる笑兵衛が抱きつづけていたのではないか。

わしの意地だ――。

が、笑兵衛は、痩せこけたお捨の手をとって、「許せ」と言った。

お捨の手の上に落ちた笑兵衛の涙は、焼けつくように熱かった。お捨は、笑兵衛を疑ったことを恥じた。胸をえぐられるような辛さを味わっているのは、親にすがれぬお捨より、すがらせなかった笑兵衛ではないか。笑兵衛の意地が何であるのか、涙の熱さと一緒にお捨の中にしみとおってきた。笑兵衛の意地は、敵《かたき》のかたわれの情をうけぬことではなく、自分の手でお捨を幸せにすることにちがいなかった。

あれも昔、これも昔――。

以来、三十年あまりの歳月が過ぎた。律儀さを見込まれた笑兵衛が、日本橋の廻船問屋で働いていたこともある。二人の住む家を廻船問屋が借りてくれて、番頭並の待遇だった。日本橋の大店《おおだな》の主人という噂は、これがもとになっているのかもしれない。

今になってもひやりとするなんて、笑兵衛さんには話せやしない――。

笑兵衛は、文字を教えてくれという勝次の頼みに、喜んでうなずくだろう。勝次は、その返事を聞きにくると言っていた。もうそろそろ来る頃かもしれない。来年の春には子供も生れるという男が、増上寺も寛永寺も読めなかったと顔を赤くして打明けたのを、もう一度、笑兵衛の前で繰返させては可哀そうだ。

踵《きびす》を返すと、着流しの伝次に突き当りそうになった。お捨は、あわてであとじさって挨拶をした。

「いつもご苦労様でございます」

「うむ……」

伝次は曖昧《あいまい》に答えた。が、そこから動こうとはしない。

「何かご用ですか」

「うむ……いや、何でもねえ」

言いかけた言葉を飲みこんで横を向く。

「では、ご免下さいまし」

お捨は、小走りに伝次の脇を通り過ぎた。

笑兵衛は木戸番小屋の前で、自身番の書役と話していた。勝次は、まだ来ていないようだった。

勝次の頼みを伝えていると、笑兵衛が、ふと視線をそらせて会釈をした。勝次だと思ったお捨は、微笑を浮かべてふりかえった。笑兵衛の視線の先に、気まずそうな顔で歩いてくる伝次がいた。

「笑さん。お前《めえ》、よく俺のいることに気がついたな」

「いや、たまたま向こうを見たら、親分がいなすって……」

「てえしたものだ」

伝次は、値踏みをするように笑兵衛のがっしりとした軀を眺めた。

「お前《めえ》──、昔は日本橋の大店の主人だったの、京の大層な家の生れだのと、いろいろな噂がとんでいるが、武家の出というのがほんとうだろう」

「ご冗談を」

「俺あ、一昨日からお捨さんをつけているが、お前《めえ》の目が気になってしかたがねえんだ」

「まあ──」

お捨は、二人を睨《にら》んだ。

「わたしはちっとも知りませんでしたよ。お人がわるいったらありゃしない」

「すまねえ、お捨さん」

伝次は、素直に頭を下げた。

「おくまをつかまえてえんだよ。おくまは、きっとまた、お前《めえ》さんを狙う。俺は、その時を狙っているんだ」

「でも……」

伝次のことだから、ついそこへ米を買いに行く時も、湯屋へ行く時もついてくるにちがいない。見られて困る姿ではないが、これから毎日となると、考えるだけでも鬱《うっ》陶《とう》しい。

「わたしのお財布は、いつだって空《から》ですよ。そんなお財布を、名人のおくまさんが狙うでしょうか」

「狙う」

伝次は、きっぱりと答えた。

「空でも何でも、必ずおくまはお捨さんのふところを狙う。たとえ病みあがりだろうと、おくまにとっちゃ、今度のしくじりほど情けねえものはねえ筈だ。十手《じって》を持った奴ならともかく、お前《めえ》さんのような素人に捕まっちまったのだから」

口惜しいのは伝次なのではないかと思うほど、伝次は強く唇を嚙《か》んだ。

「おくまがお前《めえ》さんの財布を抜き取るのは、金が欲しいからじゃねえ。おくまの意地だ。このまま引き下がっては、おくまの名が泣くんだよ」

伝次は、細い目でお捨を見据えた。

「そういうわけで、俺はお捨さんをつける」

「でも……」

思い切り悪くお捨は言って、笑兵衛を見上げた。つけられるのは迷惑だし、目の前でおくまが捕えられるのを見なければならないのは、なお迷惑だった。が、笑兵衛は知らぬ顔をしている。お捨は、笑兵衛の脇腹を突ついて頬をふくらませた。

「迷惑はかけねえよ」

あとをつけることが、そもそも迷惑じゃありませんか。

お捨は胸のうちで呟《つぶや》いて、しぶしぶうなずいた。笑兵衛が辛抱してやれというようにお捨を見たことも、その笑兵衛に、伝次が枯木のように節くれだった手を合わせたことも知らなかった。


その日から、お捨は大仰《おおぎょう》に周囲を見廻しながら歩いた。不自然なようすで歩いていれば、おくまも用心をして近寄っては来ぬだろうと思った。

が、伝次は無駄だと言った。何をしようとおくまはお捨を狙う筈で、妙な恰好で歩くのは、お捨が疲れるだけだというのである。

その通りだった。伝次の視線を背負って歩くようになってから四日目、疲れて肩が凝《こ》ってきた時に、お捨は米屋の向かい側に痩せて背の高い女が立っているのを見た。うしろを向いていたが、おくまにちがいなかった。

その翌々日は、米屋の前にいた。お捨が毎日百文の米を買いに行く時刻を、確かめているようだった。

お捨はふところをおさえ、伝次のいることをおくまに知らせようとうしろを見た。

伝次の姿は、どこにもなかった。

おくまは、お捨を見つめていた。視線が出会うと、せせら笑うように薄い肩を揺すり、男のような大股でお捨の鼻先を通り過ぎようとした。が、何につまずいたのか、派手な悲鳴をあげて前のめりに倒れた。

「痛。いたた。どうしよう、足を捩《ね》じっちまったようだ」

「まあ、あなた、大丈夫ですか」

お捨は、驚いて駆け寄った。おくまが片頰で笑った。

ふと気がつくと、おくまの手が助け起こしたお捨のふところに入っている。お捨が両手で押える前に、おくまは指ではさんだ財布を引き出し、また押し込んで見せた。まばたきをする暇もない程の早業であった。

「おくま、手前《てめえ》……」

「あ、親分」

おくまは軀をくねらせて、鼻にかかった声を出した。

「いいところに来ておくんなすったよう。これからまっとうに働こうと思ってるのに、転んじまってこの通りだよ。医者へ連れてってておくんなさいよう」

「まっとうに働くにしちゃ、見事な指の動きだったな」

「え？」

「いいから、起きろ」

「起きられるくらいなら、親分に泣きつきゃしないよう」

おくまは、駄々をこねる子供のように軀を揺すった。伝次はかまわずにおくまの手を引いて、無理矢理立ち上がらせた。口の中で不平を言いながらおくまは片足で立ち、お捨の肩につかまった。

「とんだ茶番を見せてくれるじゃねえか。米屋の前《めえ》にゃ大勢の見物人がいるし、お前《めえ》の芝居も下手じゃねえが、筋書が悪過ぎるよ。お捨さんの財布を抜き取られたと思った俺が、お前《めえ》に飛びかかって調べると、財布はお捨さんのふところにあるってえ寸法だ」

「何を言ってなさるんだか」

「お前《めえ》が俺に恥をかかせようとしたと言ってるんだよ」

「まさか。親分とわたしは昔馴染《なじ》みだ。昔馴染みにそんなことをするものかね」

伝次は横を向き、手拭いの端を摑《つか》んで裾の土埃《つちぼこり》を払った。その手拭いで、いきなりおくまの足を叩く。不意をつかれたおくまは、曲げていた片足をおろした。足の怪我は嘘であった。

おくまは、あっけにとられているお捨を見て、腹を抱えて笑い出した。

「間違えたよ。痛かったのは、足じゃなくって擦りむけた掌だった」

「それも、左手だけだろう。転ぶ時に、左手へ右手を重ねていた」

「ふん、よく見ていやがるね」

おくまは伝次から手拭いをもぎとって、血のにじむ左手にまきつけた。

「あばよ。お前さんが木戸番の女房だったとは、わたしも亀戸へ引っ込んでいる間に、とんだ見当違いをするようになったものさね。が、近いうちに、その文《もん》なしの財布をいただいてやるから気をつけておいで」

おくまは、男のようにやぞうをつくって歩き出した。鼻唄でもうたい出しそうなようすだったが、突然胸をおさえて蹲《うずくま》った。

伝次は、細い目をいっぱいに開いておくまを見つめていた。

「本物だ。本物の病気だ」

お捨は、あわてておくまに駆け寄った。米屋の前にいる人達にも手伝ってもらい、おくまを木戸番小屋へ運ぼうと思った。

「親分、何をまごまごしていなさるんですか。さあ、そこの雨戸をはずしてもらって」

が、おくまは息を大きく吐き出すと、お捨の手を乱暴に振り払った。

「放っといておくれ」

「だって、おくまさん……」

「馴々《なれなれ》しく呼ばないでおくれ。情《じょう》が移って腕が鈍っちまったら、どうするんだよ」

おくまは、もう一度深い息を吐いた。お捨を押しのけて立ち上がる。

「大丈夫ですか」

「このくらいの痛みだったら、肩身の狭い思いをして亀戸の弟の家で寝ちゃあいないよ。浅草あたりで稼いでらあ」

伝次はおくまに背を向けた。おくまは横目で伝次を見て、丸めていた背を伸ばした。胸に痛みが走ったのだろう。顔をしかめたがそのまま肩を揺すって歩きだし、澪通りへ出て大島橋を渡って行った。

それから二、三日は、おくまの姿を見かけなかった。寝込んでしまったのではないかと思ったが、あいかわらず伝次はお捨を見張っている。伝次が目を光らせているからには、おくまもどこかでお捨のふところを狙っているにちがいなかった。

お捨は、財布の紐を太くした。出かける時はふところへ手を入れて、財布を握ってゆくようにもした。空同然の財布で惜しくはないのだが、用心もせずにおくまに抜き取らせ、伝次に捕えられるようにしたのでは、おくまに申訳けなかった。

が、おくまは、思いがけぬ姿をお捨に見せた。

一度目は、青物売りの声が聞える澪通りであった。お捨は、茄子《なす》を買おうとして小屋の外へ出た。隣りの家からも、その隣りの蕎麦屋からも、ざるを抱えた女が出てくるところだった。

おくまは、青物売りのあとをふらふらと歩いていた。お捨は財布を握りしめ、その手をざるで隠したが、おくまはお捨に見向きもしなかった。

おくまの目は、路上におろした青物売りの籠に吸い寄せられていた。籠の中からは、とりたての茄子や胡瓜《きゅうり》が顔を出している。お捨は、おくまが唾を飲みこんだような気がした。

おくまが籠に近づいた。お捨が声をかける隙もなかった。おくまは、いきなり茄子を摑んで走り出した。

「あ。待て、このあま——」

走るのは青物売りの敵ではない。まして、おくまの動きは重かった。たちまち衿髪《えりがみ》を摑まれて、おくまは茄子を放り出した。

「年寄りのくせに、太《ふて》えあまだ」

「年寄りだって茄子を食べたいんだよ。一つや二つ、くれたっていいだろう。けち」

「商売物をかっぱらっておきながら、図々しいにもほどがあらあ。こちとら、施《ほどこ》しをするために真っ黒になって働いているんじゃねえんだ」

「ふん。買うくらいなら、もっと色気のいい茄子を買うよ」

「言わせておけば、つけあがりゃがって」

青物売りがこぶしを振り上げる。

「待ちな」

どこに隠れていたのか、ふらりと伝次があらわれた。

「親分――」

伝次を知っていたらしい青物売りは、おくまのしわざを訴えるどころか、青くなって逃げ出そうとした。伝次は、青物売りの肩を摑んで引き戻した。

「お前《めえ》、かっぱらいとか何とか言ってやしなかったか」

「いえ……」

青物売りは、肩を摑んでいる伝次の手をはずして逃げようとするのだが、伝次は手を替えて、執拗に青物売りを押えている。

「その女が籠にぶつかって、茄子が転げ落ちたんで」

「噓をついちゃいけねえ」

伝次は、ちらとお捨を見た。

盗人を捕えた岡っ引は、大番屋《おおばんや》での取調べの際、盗みに入った店のほか、その日に立ち寄った店までこと細かに言わせようとする。なるべく事件の関係者をふやそうとするのである。そして関係者に、御用の筋で奉行所へ来てもらうことになると知らせて歩く。大根一本、下駄一足の盗難でも、こまめに知らせて歩いた。

被害者にしてみれば、大根一本の損害で、たびたび奉行所へ呼び出されるのではたまらない。商売を休まねばならないので、その損害の方が大きくなる。たまたま立ち寄られただけの関係者は尚更であった。

そこで、岡っ引に「抜いて下さい」と頼むことになる。なにがしかの金を払うから、事件をなかったことにしてくれというのである。事件が表沙汰になっても、盗人に立ち寄られただけの店では、関わり合いになるのを避けて金を払った。それが岡っ引の収入となった。

青物売りも、財布の紐をほどいていた。伝次は、当り前のような顔で手を出している。

おくまは、大島川の土手に向かって蹲《うずくま》っていた。青物売りは急いで荷をかつぎ、ほとんど駆け足で横丁を曲がって行った。

女達も、とうに家の中へ逃げ帰っている。しばらくの間は売り声も聞えてこず、川の音ばかりが耳についた。三方を川に囲まれている中島町でも、仙台堀の枝川が大島川と一つになって隅田川へそそぎこむこのあたりが、ことに川音が高くなる。

お捨も小屋の中に入った。それを待っていたように伝次が、ゆっくりとおくまに近づいた。

お捨は、聞くともなしに伝次の声を聞いた。川音に消され、伝次の声は、とぎれとぎれに「食えよ」と言っていた。

「金がねえんだろう。これで、好きな物を食えよ」

「冗談じゃない。あんなあくどい真似の片棒はかつげないよ」

「あくどい真似をしなけりゃ、俺も金が稼げねえ。お前《めえ》のような奴をつかまえたくっても、あちこち飛び歩く金がつくれねえのよ」

「親分も、因果な商売だねえ」

「お前《めえ》に同情されちゃ、埒《らち》ぁねえや」

「お互い、なりたくってなった商売じゃないからね。親分だって、ほかに能がありゃ、岡っ引なんざやっていまい」

「口のへらねえ婆あだ。ま、これでたらふく食って元気になりな。俺あ、お前《めえ》を下手なかっぱらいなんぞで捕えたくはねえ」

お捨は、笑兵衛の眠っている座敷にそっと上がった。

二度目は、近くの稲荷社であった。祠《ほこら》の裏が漁師の家で、潮のにおいのする網などが干してあり、いつも忘れられたように静かなところだった。

おくまは、その賽銭《さいせん》箱のうしろにいた。賽銭箱に小さな穴を開け、竹篦《たけべら》で銭をかきだしていたのである。

見つけたのは、油揚を供《そな》えに来た豆腐屋の金兵衛であった。

「賽銭泥棒だ」

と、わめく声を耳にして、ちょうど稲荷社の前を通りかかったお捨は、赤い鳥居をくぐり抜けた。

おくまは、べったりと地面に腰をおろし、祠に寄りかかっていた。つむっている目のまわりには隈《くま》ができ、かきだした賽銭を袂《たもと》に入れることすらも大儀《たいぎ》になって、金兵衛の騒ぐにまかせていたようだった。

おくまを抱き起こそうとして気がついたお捨は、財布を金兵衛にあずけた。祠に寄りかかっているおくまが、薄目を開けて笑った。

「おくまさん。これでは、わたしの財布を掏り取るより先に、亀戸へ戻るようになってしまいますよ」

「あんなところへ誰が行くものか。それより、お前がぽっくり逝《い》っちまわないかと、わたしゃ気がかりでならないよ」

「わたしは死にゃあしません。ですから、おくまさんもお医者様に診《み》ていただいて、丈夫になって下さい」

「馴々しく呼ぶなと言ったじゃないか。わたしゃ病気じゃない、腹が減っただけだよ」

おくまはだるそうに軀を起こし、金兵衛の持っていた油揚に手を伸ばした。揚げたてというだけで味もないのへ、口の方からかぶりついていって、油だらけになった唇を舐《な》めまわす。

「うまい。施《ほどこ》しをしたから、ご利益《りやく》があるよ」

指についた油まで丹念に舐めて、それから賽銭をかき集めるのを、金兵衛はあっけにとられた顔で眺めていた。

「それではしばらくの間、一騎打ちはお休みに致しましょう。ほら、腹が減っては戦さができぬというじゃありませんか」

「いやだね」

「しばらくの間お休みすれば、一騎打ちには邪魔な伝次親分もいなくなりますよ。おくまさんは、後顧《こうこ》の憂いなく、わたしのふところを狙うことができます」

「お休みの間、わたしは何を食ってりゃいいんだい」

おくまは肩で息をして、また祠に寄りかかった。

「わたしゃ、お前のふところから見事に財布が抜き取れるようにと、あちこちの神様や仏様に願《がん》かけをしてね、商売断ちをしちまったんだ」

「商売断ち？」

「ああ」

おくまは気をとりなおしたように、賽銭を袂へ入れた。

「願をかける時は、何か好きなものを一つ、断つんだろう？　わたしゃ、これといって好きなものはないから、商売断ちをしちまったんだ」

「巾着切り《きんちゃくき》りをおやめなすったんですか」

「おやめなすったと言われるような商売じゃないけれどね」

「それで賽銭を盗んでいちゃ何にもならねえ。罰《ばち》が当るぜ」

金兵衛が口をはさんだ。おくまは、むきになって言い返した。

「罰なんざ当るわけがないだろう。わたしゃ、お稲荷さんにも願をかけたんだ。商売を断って、かっぱらいもしくじったとなりゃ、あとは賽銭をいただくしかないじゃないか」

「そりゃお前、手前勝手《てめえかって》な屁理屈というものだ」

「じゃ、どうすりゃいい？」

おくまは、鋭い目で金兵衛を見据えた。金兵衛は、答えに詰まった。

「そら、みな」

おくまは、ほろ苦く笑った。

「どうしようもないんだよ。屁理屈でも何でも、わたしゃおまんまを食べなけりゃ大《たい》願成就《がんじょうじゅ》の前に死んじまう」

おくまの腹の虫が鳴く。

「もう一枚、油揚をもらうよ」

おくまは、四枚の油揚のうち三枚をたいらげて、指を舐《な》めた。

「おくまさん――」

思いがけない言葉が口をついて出た。

「わたしは、九月十六日、神田明神のお礼詣りを必ず見に行きますよ」

「何だい、藪《やぶ》から棒に」

「果し状ですよ。受けて下さるでしょう?」

神田明神の祭礼は九月十五日だが、評判の曳物《ひきもの》が出る行列の通る道は通行止めとなり、桟敷《さじき》に席をとった者以外は見物できない。が、翌十六日は、祭りの関係者達が祭礼を無事終らせることのできた礼に、行列そのままの扮装で参詣にくる。このお礼詣りを見ようと、神田周辺の町は言うに及ばず近郷近在からも人が集まって、十六日の神田明神境内は、八月の深川八幡宮にまさるとも劣らぬ賑いとなるのだった。

巾着切りには、願ってもない場所であった。そこへ、お捨が出かけて行く。おくまは、伝次が出張《でば》っていると承知でお捨のふところを狙うだろう。

空《から》であろうと摩り切れていようと、お捨の財布を掏《す》り取るのは、この年老いた女の意地にちがいない。その意地が通れば、病い持ちの巾着切りは、笑って亀戸村へ戻ってゆくのではあるまいか。

おくまは、嬉《うれ》しそうに祠から軀を起こした。

「受けるともさ」

「どうせ幾らもありはしないけれど、お財布には、ありったけのお金を入れて行きます。見事に掏り取ったら、おくまさんのものですけれど、もししくじりなすったら、巾着切りはやめていただきますよ」

「わかってるよ。お前さんをなめてかからなければ、二度としくじることはない」

おくまは、賽銭箱につかまって立ち上がった。だるさは忘れたようだった。

「九月十六日は――、あと七日か。待ち遠しいねえ」

おくまはお捨と顔を見合わせた。口許に薄笑いではない微笑が浮かんでいた。


一月《ひとつき》前の八幡宮の境内に、輪をかけた人出だった。

茶屋女の声、はぐれた子供を呼ぶ声、それに罵《ののし》りあう声が入り混じって、先月より涼しいとはいうものの、その騒ぎだけでのぼせあがりそうだった。

みえがくれに、伝次がついてくる。が、いくら探してもおくまの姿は見つからず、お捨に近づいてくる人の気配もない。混み合う境内を歩きまわるのは重労働で、そろそろ引き上げたくなったが、まるで顔を合わせぬうちに帰ってしまうのは卑怯というものだろう。相手は商売断ちまでしているのである。

お捨は、いそがしさに女が金切り声をあげている茶屋に入った。幾人もが腰をおろしている床几《しょうぎ》の端に腰をおろし、ふところに手をあてて見る。財布はまだ、たしかにある。

茶を飲んでいても落着かない。お捨は、早々に銭を置いて立ち上がった。

これからが勝負である。おくまは、疲れからお捨の気がゆるむのを待っているのかもしれない。お捨は財布をふところの奥へ押し込んで、ふたたび人混みの中に入った。右手でふところを押え、さらに左手を重ねる。可愛い子供があやしてもらいたそうにお捨を見ても、今日ばかりは横を向く。

人の流れにさからって、強引に歩いてくる若い男がいた。遮《さえぎ》る者は押し倒さんばかりの傍若無人《ぼうじやくぶじん》さに、人々は眉をひそめながら脇へ退いている。

折も折、人混みの中から声があがった。

「巾着切りだっ」

お捨は、両手で胸を押えた。

「お捨さん、櫛《くし》――」

思わず、お捨は両手を髪に当てた。その瞬間だった。男のうしろから黒い影が飛び出して、お捨に突き当った。

気がついて両手を胸に戻したが、遅かった。ふりかえっても、無論おくまの姿はなかった。

負けた――。

お捨は、その場に蹲りたくなった。商売断ちまでしたおくまを相手に、お捨は少しのんき過ぎた。どんな方法を使って近づいてくるかをまるで考えず、財布の紐を太くしたり、財布をふところの奥深く押し込むことで対抗できると思っていたのが間違いだった。そんな簡単なことを考えただけで、おくまに掏摸をやめさせられると思っていたのは烏滸《おこ》の沙汰《さた》であった。

若い娘の悲鳴が聞えた。

「誰か、誰か来て。行き倒れです」

行き倒れ？　まさか――。

お捨は、夢中で人をかきわけた。どこにいたのか、伝次も十手をふりまわし、「どけ、どけ」と叫んでいた。

おくまは、胸をおさえて倒れていた。その片方の手の中にお捨の財布があり、お捨と伝次に気づくと、それを高く上げて見せて目を閉じた。

客がいるというのに、伝次が十手をちらつかせて、強引に借りた料理屋の奥座敷だった。

窓を開けると、神田明神境内のざわめきが聞えてくる。

「もう一度、芝のお神明《しんめい》様のしょうが祭りで勝負したいね」

苦しそうに顔をしかめながら、おくまが言った。お捨はおくまの手をとった。痩せて干からびたような顔からは想像もつかぬ、しっとりと滑らかな手であった。

おくまは笑ったようだった。

「きれいだろ」

お捨は黙ってうなずいた。

「でも、もうお終いさ。ただの木戸番の女房から財布を抜き取ったといって、喜んで息がつけなくなるようじゃ、どうしようもない」

「芝のお神明様のお祭りは、二十一日までですよ」

「ああ。行きたいねえ」

そう言いながら、おくまは疲れきったように目を閉じた。また胸が痛むらしい。血のにじむほど強く唇を噛んで、軀をのけぞらせる。お捨は、おろおろとおくまの胸や背をさすった。

「親分。――いるのかい、親分」

多少痛みがおさまったとみえ、おくまは荒い息を吐きながら伝次を呼んだ。

「いるよ。少し黙っていねえ」

「言いたいことは、喋《しゃべ》れるうちに言っちまわないとね。……親分、あいかわらず真っ黒な顔をしているんだろう」

「色の黒いのは生れつき、お前《めえ》と同じだ」

「はばかりさま、若い頃のわたしゃいい女《おんな》だったよ。でも、因果なことにわたしゃ夏の暑い盛りでも、外へ出なけりゃ稼げない商売でさ、……親分だって、わたしを追っかけまわすから、そんなに日に焼けたんだよ」

「お前《めえ》が稼ぎまわるから、追っかけたんだ」

「わたしゃね、親分だけは怖かったんだ。……しつこいから、いつか、つかまっちまいそうで……それでも、ぼうっとしている同心や岡っ引の前で……稼いだって面白くないから、親分のいるところで稼いでやった」

「呆《あき》れた奴だ」

「お捨さん。わたしゃこの七日間、ほんとうに楽しかったよ。生れてから、こんなに楽しかったことはありゃしない。これで、いつ巾着切りをやめてもいいと思ったよ。……お礼にさ、……澪通りの木戸番夫婦だけは地獄へ呼ぶなって、……閻魔《えんま》に言っといてやるよ」

それからしばらく、おくまは苦痛に軀をよじらせていた。伝次は、もう一度医者を呼んでもらうと言って部屋を出て行った。ついでに行灯《あんどん》を借りて、帳場から戻ってくる伝次の足音が聞えた時、おくまは、ぽっかりと目を開いた。

「親分。地獄で待ってるよ」

それが、おくまの最期の言葉だった。伝次の顔の、皺の間で涙が光っていた。

数日後、市中見廻り中の神尾左馬之介が、わざわざ澪通りを渡って木戸番小屋へ来た。昨日、伝次が大手柄をたてたという。

「伝次親分、悪党の怨みで地獄へ落ちるんだなんぞと言っていたっけ」

「まあ――」

「おくま伝次地獄の道行《みちゆき》じゃ、色気も何もあったもんじゃねえ。が、抜いて下さいと頼む奴から、三途の川の渡し賃をたんまり貰《もら》っていたよ。あいかわらず抜け目はねえ」

小者が自身番から出て来て左馬之介を呼ぶ。今日も中島町は何事もなかったらしい。

うしろから、お捨の肩を叩く者がいた。色気があろうとなかろうと、またとないお捨の道行の相手、笑兵衛にちがいなかった。

梅雨の晴れ間

降りみ降らずみの雨が、昨日の日暮れから手桶の水をあけるようなすさまじい降りとなり、明方近くになってようやく小雨となった。

町の三方を川で囲まれている深川中島町では、夜っぴて出水《でみず》の警戒にあたり、一時は女子供を避難させようとしたほどだった。が、幸いに明《あけ》六ツ（午前六時頃）前に雨が上がり、わずかながら川の水かさも減って、避難の半鐘を鳴らさずにすんだ。朝も五ツ（八時頃）を過ぎた今は青空が広がって、そのかわり、むし暑くなってきた。

木戸番《きどばん》女房のお捨《すて》は、裾をからげて小屋の前の道、通称澪《みおどお》通りに出た。夫の笑兵衛《しょうべえ》は、町の東側を流れる黒江川の見張りに出たきり、まだ帰って来ない。向かいの自身番《じしんばん》でも、見張りに出たまましい当番の差配《さはい》を待って、書役《しょやく》がぬかるみのつづく道を眺めていた。

「ひどい降りでしたねえ」

書役に声をかけて、お捨は自身番の裏を流れる大島川の土手にのぼった。

大島川は、白い歯をむきだして流れている。町の西側を流れる仙台堀の枝川も、日頃の穏やかな表情を捨てて大きくうねりながら自身番の横で大島川に合流し、吠《ほ》えたて、躍《おど》りあがって隅田川にそそぎこんでいた。

「おうい、お捨さん、藁草履《わらぞうり》を一足おくんなさい」

土手の上に立っているお捨を、近所の大工が呼んだ。

「ま、おはようございます。わたしはお店をあけっぱなしにして……」

ころがるような声で笑いながら、あわてて土手をおりようとしたお捨は、ぬかるみに足をとられ、あやうく尻餅《しりもち》をつきそうになった。大工が駆け寄って、ふっくらと太った大柄な軀《からだ》をささえてくれる。

「そら、そこも滑るぜ。そんなにあわてなくってもいいよ」

「あいすみません。はい、もう大丈夫です」

「ひどい雨だったねえ。梅雨《つゆ》あけ近くは大降りになるそうだが、俺あ、天の井戸がさかさまになったのかと思ったよ」

「でも川の水があふれないで、ようございました」

「それよ。深川ってところは、堀割《ほりわり》の間に町があるようなものだからな」

「もう心配はありませんか」

「ああ、大丈夫だ。見張り番の人数を二手《ふたて》に分けて、おいらは後《あと》の番だったが、もう出て行かずともよいことになった。笑兵衛さんも、おっつけ帰ってくるよ」

「それでこれからお仕事では、寝《やす》む暇がございませんでしたろう」

「ないどころか、雨つづきで仕事ができず、毎日寝ていたよ。まったく梅雨時は、大工泣かせさ。——おっと、おいらがおろすからいいよ」

大工は、踏台を取りに行こうとしたお捨をとめ、肩から道具箱をおろして軒先に吊るしてある藁草履を取った。藁草履に草鞋《わらじ》、蠟燭《ろうそく》、手拭いなどの商いは、町が黙認しているお捨の内職であった。

「ほい、十二文《もん》。晴れたらむし暑くなってきた」

大工は藁草履を腰に下げ、歯のすりへった足駄で、鼻唄まじりに歩き出した。そのあとから飴《あめう》売りの吾七が、大声で挨拶をして通り過ぎた。吾七も、商売に出るのはひさしぶりなのだろう。髪結いのおたけも、小間物屋の和吉も、皆ぬかるみがじれったそうな急ぎ足だった。

雨にはがされた貼り紙などを掃き集めていると、笑兵衛が帰ってきた。いろは長屋の差配、弥太右衛門《やたえもん》と一緒だった。

自身番には、町で雇った書役のほか、町内の差配が交替で詰める。当番の弥太右衛門は、書役に木戸番小屋を指さして、澪通りを横切って来た。お捨は用意していた茶碗に暖かいご飯を盛り、遠慮なく座敷に上がってきた弥太右衛門にも差し出した。

「うまかった――」

満足そうに言って、弥太右衛門が箸《はし》を置いた時だった。おたけが、いつもは前掛けにくるんでいる髪結い道具をむきだしで摑《つか》んで駆け込んできた。

「笑兵衛さん――おや、差配さんもいなさるよ。ちょうどいい、早く来ておくんなさい、大変なんだよ」

「どこへ？」

尋ねながら、笑兵衛は土間に降りている。その袖《そで》を、おたけが力まかせに引いた。

「早く――」

「だから、どこへ行くんだよ」

「樽屋《たるや》。おくめさんが、大暴れしているんですよ」

「まさか」

「まさかもへったくれもありゃしないよ。嘘だったら、商売を放っぽり出して飛んで来るものかね」

信じられないというように、笑兵衛は弥太右衛門と顔を見合わせた。上り口に膝をついて、お捨が笑兵衛を見上げた。

「おくめさんって、どこのお方？」

「居酒屋の……あとで話す」

男達は、にわかにあわてて外へ出て行った。

木戸番の仕事は夜廻りと、夜中のやむをえぬ通行人に町木戸を開けてやることで、居酒屋へ飲みに行く暇のあるわけがない。おそらく、日が暮れたばかりの頃に、自身番へ将棋をさしに行くふりをして出かけたのだろう。

嘘はつけませんねえ。

お捨は、赤ん坊のように靨《えくぼ》の並ぶ白い手を口許《くちもと》にあてて、いつまでも笑いつづけた。

日頃のおくめからは想像もできない荒れようだったという。

樽屋と呼ばれるようになった腰掛けがわりの樽を蹴り、皿や小鉢を割り、手足から血を流しながらなお、毀《こわ》す物を探して泣きわめいていたそうだ。

「そんなに毀しては、あとでお困りでしょうに」

と、お捨は茶をいれながら言った。

「何、どうせ使わない代物《しろもの》さ」

こともなげに弥太右衛門が答えた。

「まあ、どうして？」

「客が一人もいないからさ」

店を開いた当座は繁昌《はんじょう》していたらしい。

淋しい顔立ちだが、おくめは縹緻《きりよう》もよく、影の薄い感じが薄幸な生い立ちを思わせて、自分がおくめの後楯《うしろだて》になってやろうと樽屋へ足を運んだ男も多かったそうだ。弥太右衛門も、ことによると笑兵衛も、そんな一人だったのかもしれない。

が、店で庖丁《ほうちょう》を握っているのはおくめの実父だという無愛想な男で、出される料理はどれも不味《まず》かった。その上、女将《おかみ》のおくめがあまり笑顔を見せず、客の冗談にも答えずに、ひっそりと酒をはこんでくる。幽霊を相手に飲んでいるようだと、客は一人減り二人減り、今では樽屋の掛行灯《かけあんどん》にすら近寄る者がいないという有様だった。

「それじゃ、おくめさんて方が苛々《いらいら》なさるのも無理はありませんねえ」

「いや、そうじゃないんだよ。樽屋は客がなくってもやってゆけるのさ」

弥太右衛門が、夜鷹《よたか》蕎麦《そば》の屋台で酔いつぶれているおくめの父、兼吉《かねきち》に出会ったのは、一月《ひとつき》ほど前のことであった。口あけの客がこれではどうにもならぬと蕎麦屋の親父が弱りはてていたので、弥太右衛門は、いやがる兼吉を抱え上げ、樽屋まで送り届けた。まだ宵《よい》の口だというのに、樽屋の掛行灯の灯は消えていた。

留守なのかな。

そう思いながら戸を叩くと、しばらく間をおいてからかすかな返事が聞え、戸がわずかに開いた。

手燭を持ったおくめは、袢纏《はんてん》を羽織った肩をわずかに見せて闇の中に隠れるように立っていたが、櫛《くし》や簪《かんざし》を抜きとった髪が乱れていた。あきらかに寝床から抜け出してきた姿であった。男が来ているにちがいなかった。兼吉は、一人で立っていられぬほど酔っているにもかかわらず、俺は家に帰れねえのだと繰返しわめき、蕎麦屋へ引き返そうとしていた。

そのあとのことは、弥太右衛門にもわからない。おくめは迷惑そうな顔もせぬかわり、有難そうな顔もせずに兼吉を抱きとって、店の腰掛けがわりの樽にすわらせていた。男のいる部屋には連れて行けなかったのだろう。

物好きもいるものだと、弥太右衛門は思った。触れればひやりとつめたそうな女を、よりによって抱きに来るのはどんな男なのか。

男の正体は、案外に早く知れた。弥太右衛門が管理をまかされているいろは長屋の住人が、おくめの話をしたのである。

男は、深川佐賀町の干鰯《ほしか》問屋《どんや》、下総屋《しもうさ》の主人の忠左衛門であった。

干鰯は、魚油をしぼったあとの鰯《いわし》を日に干したもので、肥料としてなくてはならないものだった。下総屋は屋号の通り、先々代が下総の銚子《ちょうし》から江戸へ出て来て現在の繁昌《はんじょう》の基礎をきずき、忠左衛門が出羽、越後まで商売の手をひろげたといい、下総屋の荷が揚がる油堀の河岸は、下総屋の干鰯場と呼ばれていた。

が、家族にめぐまれず、先代夫婦があいついで逝《い》ったあと、女房のお静が倒れ、医者の診立《みた》てもはっきりしないままに七年間も寝たきりの暮らしをつづけているという。おくめは、その忠左衛門の無聊《ぶりょう》を慰めている女であった。

「そういうわけでね、樽屋は客がなくってもいいのさ。が、下総屋が女を囲いたくなるのはもっともだが、何だってあんな女をてかけにしたんだろう。女房が寝たきりでは、さぞ家の中は陰気だろうに。てかけくらい、陽気な女をとは思わないのかねえ」

「蓼食《たでく》う虫も好き好きというからな」

笑兵衛が笑った。お捨は、湯呑みを持った手を、ふととめて言った。

「おくめさんのお父さんは、お気の毒ですね。旦那がおみえのたびに家を出て行かれるのでは、雨の日などは大変でしょう」

「まったく、どういうつもりなのか。下総屋のてかけなら、居酒屋なんぞやらなくたって食ってゆけそうなものだし、親父がいたって困らない、広い家にも住めそうなものだ」

「それも、蓼食う虫だよ」

笑兵衛がぼそりと言って、お捨がふっくらとした軀をはずませて笑った。

弥太右衛門は、茶を一口すすって言った。

「それにしても、笑さんの一言はきいたねえ。あの一言で、おくめさんがぴたりと静かになっちまった」

「まあ。うちの人に、そんな気のきいたことが言えるのかしら」

弥太右衛門は胸をそらせ、笑兵衛の口調を真似た。

「よく見ると、おくめさんは陽気な顔立ちだね——」

お捨は、ちらと笑兵衛を見た。笑兵衛は、横を向いてあごを撫《な》でている。照れくさいらしい。

弥太右衛門の声色《こわいろ》は、まだつづいていた。

「その顔で、ふところが暖《あつたか》くって、毎日が面白おかしくってならないふりをしていれば、貧乏神も疫病神《やくびようがみ》も、すぐに出て行くわな」

お捨は、笑いながら笑兵衛の湯呑みに茶をそそいだ。笑兵衛が、待っていたように手を伸ばす。弥太右衛門の声が、二人の間に割り込んできた。

「しかし、笑さんとこは、貧乏神までのんびりしているのかね」

「え？」

「木戸番小屋に、貧乏神の住みついていないわけはないのだが」

お捨も笑兵衛も鷹揚《おうよう》な顔つきで暮らしていると言いたいのだろう。ちぎれた雲が、太陽を隠したらしい。明るかった入口が急に暗くなり、それからまた明るくなった。

砕《くだ》けた皿や小鉢を掃き寄せたおくめは、転がっている樽を起こして腰をおろした。昨夜の雨が嘘のように晴れあがった空からは、真夏のような日がふりそそぎ、たっぷりと水を含んだ地面からなまぬるい空気がたちのぼって、じっとしていても汗が流れてくる。騒ぎを起こして閉めきった店の中は蒸されるようで、おくめは浴衣《ゆかた》の衿《えり》をおしひろげ、帯にはさんでいた手拭いで汗をふいた。

おくめに背を向けて、入れ込みの座敷で煙草をふかしていた父親の兼吉も、上半身を裸にして汗を拭っている。

梅の実を売る声が聞えてきた。

「梅干、つくる？」

返事はない。

毎年二升の梅を買い、紫蘇《しそ》の葉《は》と一緒に漬けるのだが、今年はまだ樽も洗っていなかった。笑兵衛は、毎日が面白おかしいようなふりをしろと言ったが、梅干をつくる気持にさえなれないのだ。

昨日、雨の中を、忠左衛門のかわりに毎月の手当てを持ってきた番頭は、おそらくおくめが忠左衛門の後添《のちぞ》いになるだろうと言った。忠左衛門の女房のお静は、ここ数日、危篤状態がつづいているという。

今夜あたりが峠だろうと、番頭はむしろほっとしたようすであった。長い間の看病で、店の者も疲れきっているのだろう。早く丈夫なおかみさんをお迎えしたいというのも、世辞ばかりではなかったにちがいない。

が、おくめは、何も言わなかった。無表情なおくめの心が番頭に読めるわけもなく、いささかむっとした顔で帰って行った。

「ばかな真似をしやがって」

兼吉が、低い声で言った。

「旦那がしばらくみえねえからといって、頭に血がのぼるような年齢《とし》でもあるめえ」

今度はおくめが答えなかった。

お静の病状が悪化して、忠左衛門はここしばらく姿を見せていない。忠左衛門を待って、おくめが苛立《いらだ》っていたことは事実であった。が、忠左衛門が来てくれぬ苛立ちなら、いくらでも抑《おさ》えられた。また、抑えているうちに消えもした。我慢がならなかったのは、父親の一言だった。

「お前《めえ》が下総屋の後添いになんぞ、なれるわけがねえ」

そう兼吉は言ったのである。

またか――と、おくめは思った。よい話を喜ぶな、うまい話を本気にするなというのは兼吉の口癖で、そう言われつづけて育ったおくめも、いつの間にか嬉《うれ》しい出来事には用心をするようになっていた。店が繁昌しても一時のことではあるまいかと思い、言い寄る男の言葉も、素直には信じられなかった。

それでも、大切にしたいものはあった。忠左衛門との関係がそれであった。

はじめのうちは、金のためにと目をつぶって床に入ったのが、今では忠左衛門の来る日を待ち焦《こ》がれている。忠左衛門も、そんな気持をあらわすことを知らぬ愛嬌のないおくめのどこが気に入ったのか、二年の間に四人ものてかけに暇を出したのが嘘のように、五年間も通いつづけていた。

例によって兼吉は、旦那に好かれていると思うなと言った。言われるまでもなく、おくめは、惚《ほ》れたあとで泣くのは自分だからと、忠左衛門に傾《かたむ》く心を懸命に叱りつけていた。

そこへ、番頭の言葉である。

まさか、わたしが――と用心をしながら、おくめは丸髷《まるまげ》姿を思い描いていた。忠左衛門に寄りそう自分の姿を脳裡に描けるだけでも思いがけぬ幸運であり、気持が昂《たか》ぶって眠れないことすら幸せであった。

父親にはひた隠しにしていた空想であったが、兼吉は敏感に察したらしい。髪結いのおたけが来るからと、鏡を明るい場所へはこんでいるおくめに、あの一言を言ったのだった。

おくめは、鏡を叩きつけた。

わたしが下総屋の後添いになると、誰が言った。ただ、丸髷姿の自分をひっそりと思い描いていただけではないか。忠左衛門に寄りそう自分を、ひそかに想像していただけだ。後添いになれるとは、わたしだって思っていない。けれど、丸髷姿の自分を想像してみる幸せな気分まで、取り上げなくともよいではないか。――

「人の言うことは、あてにならねえ」

兼吉の吸う煙草のにおいが、閉めきった店の中にこもりはじめた。おくめは、団扇《うちわ》に手を伸ばした。

人の言葉を信じるなと言いつづける、兼吉の気持もわからないではなかった。

兼吉は、数奇《すき》を凝らした庭と風呂で名を売った下谷《したや》の料亭の三代目であった。今でこそ鶯春亭《おうしゅんてい》が風呂のある料理屋として粋人達によろこばれているが、兼吉の店の繁昌ぶりは、鶯春亭をしのぐものであったという。

つまずきは、苦労知らずの兼吉が頼ってきた男に金を貸し、それを返してもらえずに自分が高利の金を借りたことだった。それでも兼吉が落着いていたのは、金を貸したのがその男だけではなく、親類や友人達が店を出すのにも力を貸してやっていて、兼吉の援助をうけた人達が恩は必ず返すと口を揃えて言っていたからだった。

が、親類達は、兼吉の判断の甘さを怒るだけで一文の金も用立ててはくれなかった。友人達も居留守をつかい、道で出会えばあわてて脇道にそれた。

隠していても窮状は洩れる。店仕舞いをするらしいとの噂がたちはじめ、客足は急に衰えて、奉公人が暇をくれと言い出すようになった。

おくめは、板前の千太の家に行った時のことを今でも覚えている。

千太はみなし子で、ひきとった兼吉が京、大坂へ修業に出し、一人前の板前に育ててやった男だった。誰が暇をとっても千太だけはやめまい、千太さえいてくれればまた客を呼び戻すことができると、兼吉は無論のこと、当時病んで床についていた母のおせつも言っていた。

だが、店仕舞いの噂がたって客足が途絶えると、千太は店に出て来なくなった。兼吉は十歳のおくめを連れて、千太を呼び戻しに行った。千太は借りたばかりの家で、所在《しよざい》なげに寝転んでいた。

「頼む。店に出てくんねえ」

兼吉は、だるそうに起き上がった千太に向かって両手をついた。千太は横を向いた。

「もう充分だと思いやすけどね」

兼吉は、千太が何を言っているのかわからなかったらしい。千太は、言葉をつづけた。

「旦那には、ずいぶんお世話になりやした。が、俺も充分に礼はしたつもりでやす」

「何だと」

「確かに俺あ、旦那に一人前の板前にしてもらった。だから俺あ、どんなにいい誘いがあっても断りやした。旦那の店で働いて、早くその恩を返したかったんでさ。で、夢中で働いて、風呂よりも料理がいいという評判もとりやした。これで貸し借りはなし、そうなっているんじゃありやせんか」

兼吉はいきりたった。千太の胸ぐらをとって、唾を吐きかけんばかりに罵《ののし》った。が、千太はひややかに兼吉を見上げた。

「殴るんなら殴りなせえ。が、俺あ、旦那の店にゃ帰《けえ》らねえ。親なしっ子の俺が人を使うようになるには、貸し借りの勘定はきちっとしなけりゃならねえんだ」——

それからしばらくして、千太は向島《むこうじま》に店を持った。人の噂では、あやめの庭園が評判で繁昌しているらしい。庭園を売り物にするほど、店も大きくなったのだろう。

おせつが逝き、下谷の店が人手に渡り、兼吉とおくめが人に言えないような苦労をして深川に流れてきたことは、千太の耳にも入っている筈だった。が、千太はおせつへの線香すらあげに来なかった。京へ修業に出る時、親父さんの恩は一生忘れぬと泣いたことなど、もう千太の記憶にはないのだろう。

「人の言うことなんざ、あてにならねえ」

掃き寄せた毀れ物を捨てようと立ち上がったおくめのうしろで、兼吉が呟《つぶや》いていた。おくめに言っている声ではなかった。おくめと同じように、番頭の言葉を信じたくなった自分に言い聞かせているのかもしれなかった。

「喜ぶのは、おくめが後添いと、はっきりきまってからでいい」

おくめが聞いていることに気がついたらしい。兼吉はふりかえって、深い皺《しわ》の寄った顔を見せた。

「が、金の有難みを一番よく知っているのは金持だ。だから、おそらく下総屋は、お前《めえ》なんぞを後添いにしやしねえ。少々商売がうまくなくなっても心配ねえようにと、大店《おおだな》の出戻りか何かを見つけらあな」

「わかってるよ」

おくめは、力まかせに戸を開けた。店の中にこもっている空気よりは、多少涼しい風が入ってきた。


翌日は、また雨だった。

おくめは樽に腰をおろし、廂《ひさし》を打つ雨と樋《とい》の破れから滴《したた》りおちる雫《しずく》の音に、時折、通り過ぎて行く人の傘に降る雨の音の入り混じるのを聞いていた。

店は、今日も閉めたままだった。兼吉も早起きはしたものの買出しに行かず、しめっぽい入れ込みの座敷に坐って煙管《きせる》の掃除をしている。

傘に降る雨の音が近づいてきて、軒下で止まった。顔を上げると、忠左衛門の従弟《いとこ》で飼葉屋《かいばや》を営む下総屋久助《きゅうすけ》が、傘の雫をきりながら、たてつけの悪い戸を開けていた。

「おや、おいでなさいまし」

久助は、立って行った兼吉の肩越しにおくめを見た。

「ゆうべ、ねえさんが亡くなったよ」

傘を兼吉に渡し、久助はおくめの前に腰をおろした。

「どうする？」

「どうするって……」

「通夜《つや》へ来るかえ？」

「とんでもない」

おくめはかぶりを振った。

「ここで、気持ばかりの供養《くよう》をさせていただきます」

久助は、満足そうにうなずいた。

「お前さんのことだ。そうしてくれると思ったよ。――ところで、番頭から聞いたと思うが、今、下総屋の人間は皆、おくめさんのことが気がかりでね」

部屋の隅に坐っていた兼吉が、ちらと久助を見た。

「にいさんは、七年間も鰥暮《やもめ》らしをつづけていたようなものだ。すぐに後添いの話が出ても、不思議じゃあない」

想像しまいと思っても、丸髷を結っている自分の姿がおくめの目の前に浮かんだ。

「わかるだろう？　今夜、お前さんのようすを誰かが見に来ないともかぎらない。その時に、お前さんが店の客と酒でも飲んでいようものなら、それが商売とはいっても、ぶちこわしだからね」

兼吉がおくめを見た。おくめは横を向いた。久助が怪訝《けげん》な顔で二人を眺め、しばらくの間は雨の音ばかりが聞えた。

「聞いておくれ」

と、久助が言った。

「わたし達は、お前さんが後添いになってくれればよいと思っている。にいさんは、まだ何も言ってないが、何、心配はいらないよ。お前さんに会うまでの二年間に、何人の女に暇を出したかしれないんだから。五年もつづいたというのは、よくよくおくめさんが気に入っている証拠さ」

おくめが兼吉を見た。

これでも喜んじゃいけないのかい？

兼吉は、苦々《にがにが》しげに顔をそむけた。

「ところがねえ、ねえさんの身内は、やっぱりおくめさんじゃいやなのさ」

兼吉のためいきが聞えたような気がした。

「が、こっちはもう、あの連中に大きな顔をされたくはない。干鰯の舟が沈んで、死んだ伯父さんがねえさんの実家から金を借りたなんて、ずいぶん昔の話じゃないか。にいさんが、病弱とわかっていながらお静さんを女房にしたのも、その礼をかねてのことさ。なのに、その後も偉そうな顔でこっちの商売に口を出す」

「で……」

かすれた声がした。兼吉が、上目遣いに久助を見ていた。

「だから、こっちはおくめさんを後添いにしたいんだよ。向こうの連中に難癖をつけられないよう、充分気をつけておくれ」

「へえ」

「なあ、兼吉さん。にいさんにおくめさんを世話したのは、このわたしだ。おくめさんに後添いに入ってもらえりゃ……、ま、そのあたりは、わかっているだろうけれど」

久助は、意味ありげに兼吉を見た。

おくめは、茶をいれに立った。鉄瓶の湯は、ぬるくなっていた。

久助さんの言うことは信用できそうじゃないか。わたしを後添いに入れて、旦那から金を借りる算段をしているようだから。

お帰りだよと兼吉に言われ、おくめは、あわてて湯呑みを盆にのせた。久助が、優しい目つきでおくめを眺めていた。

「茶はいらないよ。それよりも、せいぜい殊勝《しゆしよう》な顔で線香をあげていておくれ」

「へえ」

兼吉が、深々と頭を下げた。あっさりと久助の言葉を信用したようだった。

兼吉は、隣家から経机《きようづくえ》を借りてきて花や菓子を供えた。

線香の煙を絶やさず、夜更けまで読経していたのだが、誰もようすを見に来た気配はなく夜が明けて、その日も雨だった。その次の日も雨で、それから五日の間降りつづき、四日目と五日目に雷が鳴った。

忠左衛門が樽屋を訪れたのは、お静の初七日も過ぎた、梅雨あけの日であった。

忠左衛門は、つめたい麦湯を一口のんだだけで盆の上に湯呑みを返した。夕暮れから風が途絶え、表障子を閉めた家の中は、梅雨の晴れ間の日のようにむし暑い。冷えた麦湯のせいで汗をかいていた湯呑みが盆を濡らして乾いてゆき、麦湯もとろりとまずそうになった。

「そろそろ暮六ツ（午後六時頃）だな」

と、忠左衛門が言った。

兼吉は、腹掛けの中の銭を確かめて、外へ出て行こうとした。酒を飲みに行こうとしたのだろう。忠左衛門が坐り直した。

「親父さん。今日は親父さんもここにいておくれ」

「へえ――」

忠左衛門へ団扇の風を送っているおくめに、兼吉が不安そうな目を向けた。

「暗いな。灯《あか》りをつけようじゃないか」

「ほんとうに。うっかりしておりました」

「いい。俺がやる」

兼吉が、かすれた声で言った。

忠左衛門が、火種のある煙草盆を差し出した。兼吉は、卑屈なほど幾度も頭を下げて煙草盆を受け取り、灯芯に火を移した。

「通夜の日に、久助が来たそうじゃないか」

「はい――」

「何を言いに来た」

おくめは、顔をあげて忠左衛門を見た。兼吉の運んできた行灯の灯が、忠左衛門を照らし出した。忠左衛門は、節くれだった指であごを撫《な》でていた。言いにくいことがある時の癖であった。おくめは浴衣の衿にあごを埋め、表情を消した。

「おかみさんの亡くなったことを」

「ほかには」

「さあ――」

首をかしげる。視線の先で、畳が破れていた。

「ほんとうに、何も言わなかったのかえ」

「ええ――」

兼吉が土間へ降りた。蚊遣《かや》りをたいているらしいが、こちらへ向けた背を丸め、いつまでも上がって来ない。

「まあ、いい。それなら、わたしが言おう」

忠左衛門は、懐《ふところ》から帛紗《ふくさ》でつつんだものを出した。おくめは、忠左衛門を見上げた。

「久助は、お前をわたしに世話してくれた男だ。だから、久助には久助の考えがあるのだろうが、わたしは、お前を後添いにしようなどとは一度も考えたことがない」

おくめは片頬で笑った。忠左衛門に寄りそう丸髷姿は、水の泡より簡単に消えた。

やっぱり、人の言うことはあてにするものじゃない。

「久助にそそのかされて、お前もその気になっていたかもしれないが。はじめは、こちらが目当てだったのだろう」

帛紗を開く。二十五両の金があった。

「何も言わないでいい。わたしは、お前のそういうところが気に入っていたのだから」

そういうところって？

「お前も知っているように、わたしはお前に会うまで、何人もの女に暇を出した。中には心底惜しいと思ったほど、いい女もいたよ。が、目をつぶって暇を出した」

蚊が飛んできたらしい。忠左衛門は手を叩いて蚊をつぶし、その手を懐紙で拭った。

「親父さん、早く蚊遣りをおくれ」

兼吉は答えない。蹲《うずくま》っている背が、小刻みに震えていた。忠左衛門は、指であごをこすっておくめに視線を戻した。

「久助も番頭も、いや、親類中が何か勘違いをしているのだよ。──お静に先立たれるのはわかっていた。が、これだけの身代《しんだい》になると、惚れたはれたで後添いをもらうわけにはゆかないんだよ。わたしが女に暇を出したのは、その時に情が移っていて泣かれたり、揉《も》めたりするのがいやだったからだ」

「旦那──」

兼吉が立ち上がった。

「そ、それじゃ、おくめが……」

「おお、待っていたんだよ。早く蚊遣りをおくれ」

「それじゃ、あんまりおくめが……おくめが、可哀そうだ」

兼吉は、煙の流れている蚊遣りを忠左衛門のうしろに置き、土間に膝をついて上り口に頭をつけた。

「何の真似だよ」

「おくめは……、おくめは旦那に惚れていたんでさ」

忠左衛門が、不思議なことを耳にしたようにおくめを見た。うなずきたいのに、おくめはなぜか横を向いた。横を向いて忠左衛門の視線から逃れると、軀の力が抜けて涙がこぼれてきた。

忠左衛門が、深い息を吐いた。

「お前なら、大丈夫と思っていたのだがねえ——」

「旦那」

兼吉が言った。

「おくめに代わって頼みやす。おくめに暇を出さねえでやっておくんなさい」

「親父さん。今も言っただろう。わたしは、こういうことがいやで、女に暇を出していたのだよ」

「おくめの愛嬌のなさは、親父のわっちが悪いんだ。旦那にどんなことを言われても喜ぶんじゃねえ、本気にするんじゃねえと……。だから、おくめのせいじゃねえ。おくめは、ほんとうはいい女なんだ」

「困るよ、今更そんなことを言われたって」

「旦那。わっちの昔をご存じでしょう。十八年前までは、久助さんも贔屓《ひいき》にしてくれなすった料理屋の主人だ。おくめだって、立派な家へ嫁にゆける娘だったんだ」

「言いたいことはわかるがねえ」

忠左衛門は、蚊遣りの位置を直した。煙がおくめに向かって流れてきた。

「仮におくめを後添いにするとして、おくめに干鰯問屋の内儀がつとまると思うかえ。うちの干鰯は、下総の銚子から利根川を舟で運んでくる。荷揚げの指図《さしず》はわたしや番頭の仕事だが、気の荒い船頭にめしや茶を出す指図はおくめがするんだよ。銚子の問屋が江戸へ出てくることだってある。生れは料理屋か知らないが、こんなところでひっそり暮らしていた女に、そんな指図ができるかえ」

「で、でも、亡くなったおかみさんは寝たきりで……」

「お静は別だよ。お静が軀の弱いことは、誰もが知っていた。だから、粗相《そそう》があっても、おかみさんが寝ておいでじゃあしょうがないと、大目に見てもらえたんだ」

「お願いだ、旦那。おくめは賢い娘だ。半年もすりゃ、お店のようすは何もかも飲み込むにちげえねえ。だからこそ、久助さんや番頭さんも……」

「久助や番頭が何を言ったか知らないがね」

忠左衛門は、金の下から帛紗を抜き取って懐へ入れた。

「人の言うことを簡単に信用するから、あてがはずれるのさ」

「何だと」

「親父さんの口癖じゃないか。その通りになっちまって気の毒だが、これで我慢しておくれ。これだけありゃあ、まったくのあてはずれでもないだろう」

「そうか――」

うめくように兼吉が言った。

「だったら、一言でいいんだ。一言、おくめに言ってやってくれ。可愛かったと……」

「何を言い出すやら」

忠左衛門は笑い出した。

「頼む。この通りだ」

「人前で言う科白《せりふ》じゃないよ」

「わっちは酒を飲みに行く」

「ばかばかしい。さ、そこをどいておくれ。帰るよ」

「け、帰《けえ》るなら、金を持って帰《けえ》りゃがれ」

「親父さん。あてがはずれたからって、そんな言い草はないだろう」

「つい人の言うことをあてにしちまったのは、こっちがわるい」

兼吉は、ゆっくりと立ち上がった。忠左衛門を見据えている目のまわりの、深い皺の間に涙が光っていた。

「だから、鐚一文《びたいちもん》いらねえ」

「しょうがない人だねえ」

「待って」

おくめは、金を掴もうとした忠左衛門の手の下に、自分の手を滑り込ませた。

「お金はいただきます」

忠左衛門がおくめを見た。

「そういうところが、気に入っていたんだよ」

ついてもいない裾の埃《ほこり》をはらって立ち上がる。蚊遣りの煙が揺れて、忠左衛門の裾にからまった。おくめは、涙を流していることも気づかずに金を押えていた。

忠左衛門は、後手に戸を閉めて出て行った。

おくめは、笑いたくなった。

五年間、親子が何不自由なく暮らして、そのほかにこのお金だ。貸し借りの勘定は合っているじゃないか。

が、涙は堰《せき》を切ったようにあふれてきた。おくめは、金の上に俯《うつぶ》せた。つめたかった金が、たちまち涙と同じように熱くなった。

「みねえ。お前《めえ》が後添いになれるといい気持でいられたのは、梅雨の晴れ間だけのことだ」

兼吉はくぐもった声で言って、おくめの背を撫でた。

「だからよ、……だから、人の言うことは信じちゃならねえんだ」

「いやだよ」

おくめは、父親の手を払いのけて起きあがった。兼吉は怒らなかった。はねのけられた手をさすり、はじめて親の言葉に逆らう娘を驚いたように見つめていた。

「人の言うことは信じちゃいけないって？　そうかい、わかったよ。わたしゃもう、お父《と》つぁんの言うことも信じないよ」

「俺は……俺はお前《めえ》のためを思って……」

「わかってるよ、そんなことは。でもね、わたしは半年で暇を出されてもいいから、旦那にむしゃぶりついて、旦那が好きで好きでたまらないと言いたかったんだ。旦那に捨てられたら、薄情な人だと旦那を恨んで……、こんなに尽くしたのにと泣きわめいて……」

「そんな、お前……」

「五年間も旦那との仲がつづいていたって、わたしゃ旦那にちっとも好かれちゃいなかった。いやだよ。そんなのはもう、沢山だよ」

おくめは、父親の手を乱暴に摑んだ。痩《や》せて、骨ばった手であった。

「お父つぁんだって、いい加減に昔のことは忘れりゃいいんだ。何が面白くって、つまらない昔のことを覚えているんだよ。また騙《だま》されるんじゃないかとびくびくしているから、貧乏神が寄りつくんだ」

黙っている兼吉を、おくめはもどかしそうに引き寄せた。難なくひきずられた兼吉の膝で、金の山が崩れた。

「笑兵衛さんの言う通りだよ。旦那に惚れてないふりをしていたのだもの、捨てられるのは当り前じゃないか。金持に戻りたかったら、金持のふりをしてでも、貧乏神を追っ払わなけりゃだめなんだよ」

「おくめ——」

崩れた金の山に、兼吉は手をついた。

弥太右衛門が、小屋の出入口に立った。

親指を立て、肘《ひじ》を曲げてこめかみに当て、首をかしげて見せる。笑兵衛は寝ているかと尋ねているらしい。一昨日自身番に詰めていた弥太右衛門は、昨日、女房に尻を叩かれて家賃を集めてまわり、今日は集めた家賃を家主に届けに行って、その帰りなのだろう。

お捨は、笑いながら首を振った。

「また起きているのかい？　夜の仕事なんだから、寝ねえと軀に毒だよ」

眠い目をこすっている笑兵衛を将棋に誘うことは棚にあげ、弥太右衛門はもっともらしい顔つきで小屋の中に入ってきた。

「実は、お客さんなんだ」

弥太右衛門は、表に向かって手招きをした。すっかり夏のものとなった強い日射しが澪通りを照らし、茶色に変色した表障子さえ白く光っている。その障子の向こうから、小柄で色の白い女が顔を出した。

「おくめさんだよ」

「あの、樽屋さんとかいう――」

「そう、そう。お捨さん、よく覚えていなさるね」

座敷では、笑兵衛が昼寝のための枕を片付けていた。お捨は笑って、裏の井戸へ冷やしてある麦湯を取りに行った。

「家主さんとこからの帰りにさ、ばったり出会ったんだよ」

弥太右衛門が、大声で喋《しゃべ》っている。

「何でも、ちょっとしたお金が手に入ったので、店もきれいにして板前も雇ったそうだ」

笑兵衛の声は聞えない。ぎごちない微笑を浮かべて、うなずいているだけなのだろう。

若い女を前にした笑兵衛の表情を想像して、お捨がおかしさを噛《か》み殺していると、鉄瓶を吊るしてある紐がふっと軽くなった。お捨は、口許をほころばせてふりかえった。笑兵衛が口をへの字に結んで、たくみに紐をたぐりあげていた。

「ま、有難うございます」

笑兵衛は黙って鉄瓶を持ち、お捨の差し出す湯呑みへ冷えた麦湯をそそいだ。

な、二人とも木戸番とは思えぬほど品がいいだろう。だから、もとはお武家だって人もいるがな――。

小屋の中では弥太右衛門が、お捨と笑兵衛についての噂話をおくめに聞かせている。

京の由緒ある家の出だって言う人もいれば、日本橋の大店《おおだな》の主人だったたって言う人もいるし、早い話がよくわからないんだよ。

お捨は、ちらと笑兵衛を見た。笑兵衛は、素知らぬふりで麦湯の鉄瓶を結わえなおしていた。お捨は、四つの湯呑みのならぶ盆を持って小屋の中へ戻った。

「なあ、笑さん。また樽屋へ飲みに行こうぜ」

弥太右衛門が、待ちかねていたように麦湯の湯呑みをとった。

「今度は、肴《さかな》もうまいってさ」

「女将さんは、おきれいだし」

お捨が、軽く笑兵衛を睨《にら》んで言った。ばか――と口の中で笑兵衛は言って、煙草盆を引き寄せる。

「そう言やあ、ちょいとの間《ま》に、おくめさんはきれいになったなあ」

「そうかしら」

おくめは含羞《はにか》んで、乱れてもいぬ髪を指先でかきあげた。

「それより、笑兵衛さんのおかみさんがおきれいなんで、びっくりしました」

「お捨さんはきれいさ」

苦笑した笑兵衛のかわりに、弥太右衛門が大きくうなずいた。

「ま、どうしましょう。ご馳走するものが何もないけれど」

「いいんです。暑い日は、つめたい麦湯が一番」

おくめは一息に飲み干して、お捨と向かい合った。

「こうやってお天気がつづくと、一雨欲しいと思うんですよねえ。梅雨の間は、早く晴れてもらいたいって思ってるのに」

「わたしも夏になれば寒い方がいいと思ったりして、勝手なものですよ。――もう一杯、麦湯を差し上げましょうか」

おくめは、礼を言って湯呑みを差し出した。お捨が、裏の井戸へ駆けて行く。

「やれやれ」

弥太右衛門は、笑兵衛を手招きして小屋の外へ出た。

「あの調子じゃ、しばらく腰を据えて喋ってゆくぜ」

笑兵衛は、小屋の中をふりかえって笑った。

「なあ、笑さん。うちの長屋に一軒空家があるんだが、誰にも貸さずにおこうか」

「なぜ」

「だって、こう人が来ては、笑さんの寝る暇がないだろう?」

笑兵衛は答えずに、将棋をさす真似をした。弥太右衛門の家にも将棋盤はある。

わすれもの

明日は大晦日《おおみそか》、納めた商品の代金を集めてまわる掛取りの人達の足も、いっそう早くなったようだった。

江戸深川中島町の南側を、大島川沿いにつづく澪通《みおどお》りは、つめたい曇り空のせいか、まだ霜がとけずに凍っている。早目に煤払《すす》いをすませ、子供達の晴着を縫いあげて、今年こそ慌《あわ》てずに年を越すと言っていた女達も、いつもの年の暮と同じように、下駄の音を響かせて走りまわっていた。

「うちもまだ、忘れていることがありますかねえ」

木戸番《きどばん》女房のお捨《すて》は、色の白いふっくらとした頬に手をあてて呟《つぶや》いた。

木戸番小屋は間口が九尺、奥行は一間《いっけん》の定めだが廂《ひさし》を張り出したことにして二間《にけん》、澪通りを仙台堀の枝川が遮《さえぎ》る角にある。表障子の隙間から、曇り空の灰色に染まった川風が吹き込んできて、ただでさえ薄暗い座敷をまた暗くした。

壁に寄りかかってうとうととしていた笑兵衛《しょうべえ》が、身震いをして目をあけた。木戸番は、暮六ツ（午後六時頃）の時刻を拍子木で町内に知らせてから夜廻りと深夜のやむをえぬ通行人に木戸をあけてやる仕事とで、一晩中起きている。今頃は夜具にくるまって眠っている筈の笑兵衛も、何となく気忙《きぜわ》しいのだろう、先刻まで廂の破れなどを見ていたが、眠気の方が勝ってきたようだ。

「お寝《やす》みなさいましな」

お捨は、たたんであった布団を敷いた。

「うむ――」

笑兵衛は、古武士のようだと言われる顔を照れくさそうにほころばせて、綿入れを脱いだ。壁に鼻をつきあわせて横になる。お捨は笑兵衛の枕もとに屛風《びょうぶ》をまわし、蠟《ろう》燭《そく》や線香や浅草紙《あさくさがみ》などの商売物がならぶ土間にそっと降りた。

去年は今頃から近所の人達が駆け込んできて、柄杓《ひしゃく》がよく売れたが、今年は昨日がいそがしく、竹箒《たけぼうき》が売り切れた。おそらく今日は暇だろう。

「ほんとうに忘れていることはないかしら」

狭い小屋の大掃除など知れたもので、二十日を過ぎてから二度も煤払いをしたし、笑兵衛の着物も、行李《こうり》の中にあった廻船問屋にいた頃のを仕立て直した。餅は裏の炭屋がついてくれて、その炭屋の女房や近所の豆腐屋の子供達が待っている黒豆の鍋は、もう竈《かまど》にかかっている。

肩が凝っていた。お捨は入口に立って、ふっくらとした肩をこぶしで叩いた。気がつくと、枝川が大島川にそそぎこみ一緒に隅田川へ流れてゆく水の音が、いつもと変わらずに聞えている。川の音が聞えなくなるほど、気持が忙しくなっていたらしい。

「あと一日ですものねえ」

そのくせのんびりと空を見上げ、元日の空模様まで心配して、お捨は座敷に戻ろうとした。その目の端に、赤い色が映った。曇り空の下の赤い色は、思いのほかに鮮やかで、お捨は足をとめてふりかえった。

小屋の前を、赤い風呂敷包みをかかえた女が通り過ぎて行った。

「おや――」

お捨は、思わず外に出た。

若く、美しい女だった。毎朝髪結いが通ってくるにちがいない丸髷《まるまげ》といい、花菱の着物の品のよい色合いといい、どう見ても大店《おおだな》の嫁なのだが、ふとこちらを向いた顔が泣いているようだった。

女の後姿を見て、お捨は首をかしげた。

「どこかでお見かけしたような――」

が、思い出せない。頭の中の幕をちょっと上げればその顔が見えそうな苛立《いらだ》たしさに唇を嚙《か》んでいると、お捨の視線に気づいたらしい女がふりかえった。

「小母《おば》さん。お捨小母さん」

「え？」

「私です。八年前までこの先のいろは長屋にいた……」

「おちせさん？」

そうです——と幾度もうなずきながら、おちせは裾を乱して駆け寄ってきた。


屛風の向こうから、笑兵衛の軽い寝息が聞えてきた。

土間でよいと言うおちせに床几《しょうぎ》をすすめ、お捨は、踏台に腰をおろした。おちせの膝の上には、赤い風呂敷包みがのっている。それを、黒豆の小鉢を持った肘《ひじ》でおさえ、おちせは食べにくそうに箸《はし》を動かしていた。豆はまだ味がしみていなかったが、小鉢はそろそろ空《から》になる。

「おいしい」

と、おちせは夢中で食べていたことに気づいたらしく、恥ずかしそうに笑った。膝の上の風呂敷包みが落ちそうになり、あわてて抱え上げる。裾も一緒に引き上げられて、紅絹《もみ》がこぼれた。

「お綺麗になったこと」

お捨は、黒豆のおかわりをすすめることも忘れておちせに見惚れた。

八年前のおちせは、十か十一か、小柄で痩《や》せていて、大きな目が病みあがりの子を思わせて、いつも近所の腕白《わんぱく》達にいじめられていた。それが人並以上の背丈となり、肉づきもよくなって、大きな目が人を惹《ひ》きつけるようになっている。肌の色も格別白くはなかった筈だが、いつの間にかあくを洗い流したような艶やかな肌の持主となっていて、衿首《えりくび》のあたりにはお捨でさえ息をのむ色香があった。

おちせは、空《から》にした小鉢を盆に返した。

「小母さん。小母さんは、あれからずっと、ここにおいでだったのですか」

お捨はうなずいた。

「おりましたよ。でも、どうして？」

「あの頃、差配《さはい》の弥太右衛門《やたえもん》さんが、木戸番の小父《おじ》さんと小母さんはこんな所にいるお人じゃないんだって、口癖のように仰言《おつしや》っておいででしたもの。私は、ここへ来てもお目にかかれないと思っておりました」

「まあ。ここを追い出されたら、行く所がありませんよ、ねえ」

お捨は転がるような声で笑い、屏風の陰で眠っている人に気づいて首をすくめた。

おちせは、かすかに口許《くちもと》をほころばせた。

「ほんとに、このあたりは何も変わらない――」

「変わりようがないのかもしれませんよ。お向かいが自身番《じしんばん》で、弥太右衛門さんは相変わらずだし、書役《しょやく》も、わたし達が来てからはずっと同じ方」

「炭屋の小父さんも、お豆腐屋さんの金兵衛さんも、皆さんおいそがしそうでした」

おちせは、このあたりを歩きまわっていたらしい。お捨は、やわらかな視線でおちせを見つめた。

「でも、変わったこともあるのですよ。いろは長屋にいた丈吉さんは、去年の春に亡《な》くなりました」

「丈吉さん？　あの、いじめっ子の丈吉さんが？」

「いじめっ子ではありませんでしたよ。腕も気《き》っ風《ぷ》もいい大工さんでした」

「丈吉さん、大工さんになったんですか」

「棟梁《とうりよう》の娘さんが丈吉さんを好きになって、誰もがいいご縁だと思っていたのに、お花見の舟が沈んで……」

「そうですか」

おちせは深い息を吐いた。

「八年ですものね」

暗くなりかかったおちせの顔を見て、お捨は話題を変えた。

「おちせさんは、いつお嫁さんに？」

「昨日のことのようですけれど、もうじき丸二年になります」

「わたしが年をとるわけですねえ」

「小母さん――」

おちせがお捨を見つめた。

「小母さん。私、どうしたらいいんでしょう。実家《さと》の母を連れて、ここへ帰って来たくてたまらないんです」

咄嗟《とっさ》に答えられず、助けを求めるように屛風を見た。が、屛風の向こうからは、寝返りをうったらしいかすかな物音が聞えてきただけだった。

おちせは、十一歳の時、深川を離れた。

父親が死んだため、母親のおもとがその姉を頼って下谷《したや》に移って行ったのだと、弥太右衛門はちょっと名残り惜しそうに話していたが、わずかな家賃を半年も溜め、夜逃げ同然に引越して行ったのが真相らしい。弥太右衛門の女房は、真相をお捨に打明けたあと、これで少し胸がすいたと言った。店賃《たなちん》を立替えたことよりも、弥太右衛門がおもとに親切であったことに腹を立てていたようだった。

下谷に移ってからのおちせとおもとは、さまざまな商売をして暮らしていた。というより、少しでも稼げる商売を探して、懸命に暮らしていたのだろう。ある人は辻占《つじうら》を売っているおちせと売っているおもとを見たと言い、ある人は、おちせが茹《ゆで》卵《たまご》を売り、おもとが火口《ほくち》を売っていたと言った。そのほかにも、赤いたすきをかけたおちせが居酒屋の行灯《あんどん》に灯をいれていたとか、おもとが湯屋の二階で働いていたとか、噂話を思い出せばきりがない。

お捨が最後におちせの噂を耳にしたのは、二、三年前のことだった。おちせは十六か七になっていた筈だ。賄《まかな》い屋の勝次が、贅沢《ぜいたく》な料理で名を売った鶯谷《うぐいすだに》の料理屋に親方を迎えに行ったところ、応対に出てきた女中がおちせであったという。

いい娘になったそうだ――

と、その話を勝次から聞いてきた笑兵衛は、例によって重い口調で言った。おちせは、賄い屋の親方が帰り仕度をすませたあとも勝次をひきとめて、誰それはどうしているかと尋ねるほど、いろは長屋の人達に会いたがっていたらしい。翌日、勝次はおちせに会ったと長屋周辺に知らせてまわったが、おちせ母娘についての消息はそれきりで、あとはまったく聞かれなくなった。おちせが働いている料理屋は、とてもこの周辺の人達の行ける所ではなかったのである。

それから後のことを、おちせは静かな口調で、だが堰《せき》を切ったような勢いで話しはじめた。

ある夜、おちせは、酔って縁側に蹲《うずくま》っていた男を、背負うようにして空いている座敷へ連れて行った。

五十がらみのその男は、食べた物を吐いて、着物の衿を汚していた。めずらしいことではなかった。おちせはいつものように、持っていた手拭いで汚れを拭きとってやった。耳盥《みみだらい》と水差しを持ってゆき、口をすすがせ、枕を貸してやると、男はほっとしたようにおちせの名を尋ねた。

それもめずらしいことではなかったが、次の宴席で顔を合わせた時、礼を言う男は少なかった。男達は、酔いがおさまると商売で頭がいっぱいになってしまうらしい。なかにはおちせの顔を忘れている者さえいた。

男は、おちせの名を聞くと、肩で息をしながら自分の名を言った。いつもの通り、おちせも覚えておくと答えたものの、翌日はきれいに忘れていた。酒癖のわるい男から逃げるのに冷汗をかき、縁側で酔いつぶれた男のことなど頭の隅にも残っていなかったのである。

が、数日後、おちせ宛に紅梅と白梅を織り出した見事な帯が届いた。添えられていた手紙には、やむをえぬ酒に酔った下戸《げこ》への介抱《かいほう》が嬉《うれ》しく、帯はその礼だと書かれていた。おちせが汚れた衿を拭いてやり、水を飲ませてやった呉服商、田原屋孫兵衛から届けられたものだった。

帯をしめたところが見たいと、年の暮の茶会に招かれたのは、それから間もなくのことであった。帯に合わせる着物もないと、おちせは尻込みをしたが、女将《おかみ》は、これも仕事のうちだと言った。おちせは品のよい帯には粋すぎる女将の着物を借り、田原屋のよこした駕籠《かご》に乗った。今日のように、曇り空の寒い日であった。

茶会の客は、孫兵衛の叔父と弟夫婦、それに川柳の仲間だという同業の男だけだった。おちせは上座につかされて、若い男の点前《てまえ》で茶をのんだ。

夢のような気がした。

雨の降る中を、笠《かさ》もなく裸足《はだし》で茹卵《ゆでたまご》を売り歩いていたのは、数年前のことだった。雨が雪にかわりかけたつめたさに、居酒屋の軒先を借りたのが十四の時、居合わせた客が茹卵を買ってくれたのがそこで働くきっかけとなった。売り切れた礼にと酌《しゃく》をしてまわり、小鉢や皿を洗って帰ったのである。

居酒屋では、雨の日でも雪の日でも濡れずにいられることが嬉しくて、自分でも感心するほどよく働いた。客に可愛がられ、居酒屋の主人も自慢の種にしていたが、たまたま立ち寄った客が鶯谷の女将の知り合いで、おちせの縹緻《きりよう》を惜しみ、料理屋で働けるようにはからってくれた。

しみじみ、運がよかったと思った。つい数年前、つめたい雨に濡れながら茹卵を売り歩いていた娘が、大店の主人達と一緒に茶の湯を楽しんでいるのだ。

一生の運を使いはたさぬように——とおちせは祈りつづけていたが、幸運はまだ続いていた。孫兵衛は、おちせのような娘を探していたのである。

その時、茶をたてていたのが現在の夫の市之助であったが、市之助は一人息子で、十二、三歳までほとんど床の中で暮らしていたほど病弱であったらしい。母親も乳母も、当時生きていた祖母も、市之助がくしゃみをしたといっては医者に走り、柿を食べたがったといっては夏の江戸市中を駆けまわったという。十五を過ぎてから病気をしなくなったと孫兵衛は言っていたが、丈夫になったのではなく、痛い、かゆいと甘えるより、面白いことがあるのに市之助が気づいたのだろう。

孫兵衛は、我儘《わがまま》で意志の弱い一人息子の行末を案じ、家柄より縹緻より、しっかり者の娘を探していたのだった。あとで聞いたことだが、孫兵衛は、おちせの介抱をうけてから、生いたちや気立てなどを女将に尋ねていたという。が、やはり孫兵衛一人では決めかねたのだろう、叔父や弟夫婦や親しい仲間を招いて茶会を開き、それとなく、嫁にしたい女の目ききを頼んだのだった。

おちせを嫁とすることに誰も異存はなかった。いや、反対する者がいても、孫兵衛はおちせを嫁に迎えたにちがいない。その日、茶をたてていた市之助が、一目でおちせを気に入ってしまったのである。おちせは、仮親となった孫兵衛の川柳仲間の家から、田原屋に嫁《とつ》いでいった。

幸せな日がつづいた。

市之助は我儘ではあったが、我儘を通したあとですぐに後悔する気のよい男でもあった。市之助を溺愛《できあい》している姑《しゅうとめ》も、息子を嫁にとられた淋しさを、以前に増して夫や使用人の世話をやくことでまぎらわすすべを心得ていた。

孫兵衛は、時折おちせと市之助を居間に呼んだ。めずらしい菓子がある、肩を揉《も》んでもらいたいなど口実はさまざまだったが、孫兵衛のかたわらにはいつも店の帳面が置かれていて、話の合間にさりげなく開かれた。商売のいろはを、おちせに覚えてもらいたいようだった。

おちせは、古い帳面を見たいと言った。少しずつ教えようという孫兵衛の思いやりがかえってもどかしく、古い帳面で売上げの伸び工合や仕入れの時期を調べてみたかった。

孫兵衛は相好をくずし、小僧に幾冊もの帳面を若夫婦の部屋に運ばせた。市之助は、「物好きだな」と首をすくめたが、夜更けまで帳面を見ているおちせの肩に羽織をかけてくれ、むずかしい字や符牒《ふちょう》を教えてくれたりした。これでよいと、おちせも、多分孫兵衛も姑も思っていた。

が、市之助は、着物の衿に白粉《おしろい》をつけて帰ってくるようになった。寄合いの宴席から帰って来た時に、紙の端が薄紅に染められている結び文が袂に入っていたこともあった。

おちせは何も言わなかった。気にならない筈はなかったが、結び文一つで妬《や》いたりなじったりするのも、辛抱の足りぬことだと思った。おちせは、こまごまと市之助の世話をやき、夜更けの帳面調べも当分の間はやめることにした。市之助は我儘を通した時に似た表情を浮かべ、「いいのか」と言った。

その言葉に甘えたわけではなかったが、おちせは、ふたたび帳面を手にした。しつこい風邪に悩まされながら番頭に指図をしている孫兵衛を見ると、孫兵衛に万一のことがあった時の田原屋を考えずにはいられなかった。

市之助は、家をあけるようになった。日が暮れるとそっと抜け出して行き、朝早く帰って来て、疲れた——と足を投げ出すのである。

おちせは、はじめて涙を流した。昔、裸足で茹卵を売り歩いていた嫁は、柳橋あたりの家で痴態《ちたい》を演じてくる夫の足袋《たび》まで、黙って脱がせてやらねばならないのだろうか。

おちせのようすに、気をもんだのが孫兵衛と妻のおゆきであった。おちせの母親のおもとは、田原屋の近くにこざっぱりとした家を借りてもらい、何不自由なく暮らしている。母親に愚痴《ぐち》を聞いてもらおうと思ったおちせの気持を察したのか、孫兵衛とおゆきは、おもとの家へ泊りに行けと言った。少し、市之助に心配させた方がよいというのである。おちせは、舅《しゅうと》夫婦に小遣いまでもらって実家に帰った。

市之助が、おそるおそる迎えに来たのは、その二日後であった。

「帰ってくれるか」

と、市之助は言った。

おちせは横を向いた。私がいなければ困るくせに、——と思った。

「頼むよ」

市之助は両手をついた。そうまでされるとは思っていなかったおちせは、驚いて立

ち上がった。その一言ですぐに帰ることにしたのだが、市之助は、それでは足りぬと思ったのか、

「わたしが、本気になるわけがないだろう」

と、連れ立って外へ出た時に言った。おもとがいなければ、はじめからそう言っていたのかもしれない。

田原屋では、孫兵衛とおゆきが、仲直りの膳《ぜん》を用意して待っていた。市之助は詫《わ》びのつもりか、翌日、照れくさそうに櫛《くし》を買ってくれ、孫兵衛は、おもとの家へ迷惑をかけた詫びに出かけて行った。

しかし、市之助の浮気はやまなかった。おっとりとした優男《やさおとこ》で、金ばなれがよいときては、女に騒がれぬ方が不思議かも知れなかったが、隠し方が下手で、女と遊んだあとを歴然と残してくる。おちせが黙りこむと、市之助は櫛を買ってきた。自分の手でその櫛をおちせの髪にさし、しばらくの間はやさしい上にもやさしくなる。浮気を櫛を買う口実ではなかったかと考えたこともあったが、二度三度と繰返すうちに、またかと思うようになった。今の市之助は櫛だけでなく簪《かんざし》まで買ってくる。

お捨は、小首をかしげておちせを見た。

「困った旦那様ですねえ」

「そんな。もったいない――」

おちせは言下に否定して、小さな声でつけくわえた。

「私もそう思っていました。でもそういう私がいやになりました」

「なぜ?」

「あの人の気持を粗末《そまつ》にしていたのですもの。あの人は気が弱いから、しつこく言い寄る女《ひと》がいれば、ずるずるとひきずられてしまう。翌朝よせばよかったと後悔して、照れかくしに足を投げ出すんです。そうわかっていたくせに私は腹を立てていたんです」

お捨は微笑した。

「なのに、どうして深川へ帰りたいとお思いなの?」

おちせは、黙って風呂敷包みをひらいた。

色褪《あ》せた、それも裁《た》ち落としの千代紙を貼り合わせたらしい木箱があらわれた。

「小母さん、この箱を覚えておいでですか」

お捨の微笑が、顔中にひろがった。

覚えていた。おそらく、絵皿の入っていた箱ではなかったか。絵皿はとうに人の物になり、残った箱を手文庫がわりに使っていたのを、遊びにきたおちせがじっと眺めていたので渡してやったのだった。

その時のおちせの喜びようは、今でも忘れられない。頬を紅潮させ、箱を抱きしめて、貰《もら》ってもいいのかと念をおし、幾度も礼を言って帰って行った。

翌日、木箱を見せにきたおちせは、目を赤く腫らしていた。寝ずに千代紙を貼ったのだという。千代紙は一枚をそっくり使ったものも、同じ柄のものもまるでなく、四角や三角に切られたものが丹念に貼り合わせてあった。

「お友達が桜や梅を切り抜いて、いらないと言った切れ端ばかりだったのですもの。あの頃の私には、それが千代紙でした」

「綺麗でしたよ、いろいろな千代紙が集まっていて。わたしは、箱にその千代紙を入れるのだと思っていました」

「いいえ、この箱は私の宝物でしたもの。だから、大事に溜めていた千代紙をみんな貼って、ほかの宝物もこの箱にしまったんです」

おちせは、そっと箱の蓋《ふた》をあけた。

「見てやって下さいな」

お捨は、踏台をおちせのそばへ引き寄せた。箱の中には、紙製の蝶々《ちょうちょう》や塗りのはげた、櫛、役者絵、細螺などのほかに、自分で端布を縫ったらしい袋と、まだ縫っていない端布が何枚か入っていた。

「この蝶々」

と、おちせは、紙が土色に変色している蝶をお捨の手の上に置いた。

「父に買ってもらったんです。深川へ引越してきて、間もなくのことでした。その頃から父は軀《からだ》の具合がわるく、ろくに働けなかったのですけれど、おそらくその日は気分も機嫌もよかったのでしょうね。私にせがまれて外へ出て、前から私が欲しがっていたこの蝶々を買ってくれたんです」

櫛は母がさしていたもの、役者絵は友達に鬼ごっこの鬼をかわってやって貰ったもの、細螺は近くの家の子守りをひきうけた駄賃で買ったものと、おちせは一つ一つ説明しながら箱の蓋の上にのせ、お捨に渡した。

「ごみ屑みたようなものばかりですけれど。どれもみな欲しくって欲しくって、やっと手に入れたものばかりなんです」

「それが、宝物ですよ」

お捨は、櫛や細螺ののった蓋を返そうとしておちせの手に触れた。つめたい手であった。

「小母さん。この宝物を、私は忘れていたんです。今朝、実家の母へお正月のお餅を届けに行って、こんなものがあったと渡されるまで、すっかり忘れていたんです」

「それだけお幸せだったのですよ」

「幸せでした。罰が当るほど」

「結構なことじゃありませんか」

「でも、——怖いんです」

おちせは、箱から端布でつくった袋を取り出した。つばくろぐちと呼ばれる袋だった。

「ご存じでしょう？　長唄や常磐津《ときわず》のお稽古に通う女の子は、みんなこの袋の中に本を入れていました。長唄のお稽古なんて、私には夢の夢でしたけれど、袋を持って歩きたくって、母につくってくれとせがんだんです。でも、仕立物の内職に追われていた母にできるのは、残り布《きれ》を少し切って、私にくれることだけでした。見よう見真似で縫って、ご覧下さいな、こんなにいびつな袋なのに、できあがった時はどんなに嬉しかったことか」

それが今では——と、おちせは言葉をつづけた。

「こんな袋にまで、丸に田の字を染めぬいた縮緬《ちりめん》を使い、池端《いけのはた》の袋物屋で誂《あつら》えます」

「田原屋の若いお内儀《かみ》さんじゃありませんか。田原屋さんの丸に田の字をあちこちで見せるのも、お役目のうちかもしれませんよ」

「前の地色は海老茶《えびちゃ》、今度のは藍《あい》、次は路考茶《ろこうちゃ》に染めるそうです。藍も海老茶も、どこも傷《いた》んでいないんですよ」

「もったいないお話だけれど、目先を変えなければ、誰も袋の丸に田の字を見てくれませんよ」

「その通りかもしれません」

おちせは、蓋にのせた物を一つ一つ、いとおしむように箱の中へ入れた。

「よその人が見ればごみ屑みたようなこんな物が、私には宝物でした。小母さんがどれか一つくれと仰言ったとしても、差上げなかった筈です。でも、うちの人が買ってくれた櫛や簪なら、差上げたような気がします」

「高価な物でしょうに」

「だから、深川へ帰りたいんです」

おちせの目に涙がにじんだ。

「うちの人がわたしにすまないと思って買ってくれた物を、私はどうしていたと思われます？　有難いとも思わずに、引出しへ投げ入れていたんですよ。すまないと思ってくれたうちの人の気持には知らん顔で、浮気をしたのだから櫛の一つや二つ——と、そう思っていたんです。いやな女でしょう？　あの人が浮気をするのは当り前です。どうしてわたしは、櫛など欲しくないと言えなかったんでしょう」

お捨は、昂《たかぶ》ってきたらしいおちせの気持をしずめようと、懸命に言葉を探した。が、その前におちせが口を開いた。

「櫛や簪をぞんざいに扱っているうちに、人の心まで粗末にするようになって、……小母さん、やっぱり私は深川へ帰ります。しばらくの間、茹卵を売って暮らします」

「いけません。それこそ、市之助さんのお気持を粗末にすることですよ」

「小母さん。小母さんは昔、京か日本橋で、いい暮らしをなすってたのでしょう？」

「さあ、いい暮らしかどうか……」

「ほら、小母さんだって、ここの暮らしの方がいいとお思いなのじゃありませんか」

「おちせさん、それは……」

「とめないで。私、空家を探してきます」

おちせは、箱を抱きしめて木戸番小屋を飛び出した。赤い風呂敷が膝から落ち、暗い土間の上へ広がって落ちた。

お捨はあわてて風呂敷を拾い、おちせを追って小屋の外へ出た。が、おちせは炭屋の横の路地を曲がったらしく、ほっそりとした姿は澪通りのどこにも見えなかった。屛風をたたんで、笑兵衛が起きてきた。目を覚ましていたらしい。

「大丈夫さ」

と言う。

「そう簡単に、田原屋を出られやしないよ」

笑兵衛は、独り言のような重い口調で言って、袖《そで》なしの綿入れを羽織り、足袋をはいて土間へ降りてきた。

「が、行ってみるか」

「どちらへ？」

「空家のあるところさ。確か、いろは長屋の先の鼠《ねずみ》長屋で、一軒空《あ》いていた」

「空家の札《ふだ》を剝《は》がすのですか」

笑兵衛は、口許に深い皺《しわ》をつくって笑った。

「あの空家はもう塞《ふさ》がったと、差配に嘘をついてくれと頼もうと思ったのだが、なるほど、その方が手取《てっと》り早《ばや》い」

笑兵衛は、寒さしのぎの手拭いを首に巻いて、あいにく強くなってきた風の中を駆けて行った。

お捨は、座敷の上り口に腰をおろした。

おちせの気持がわからないではなかった。わからないどころか、おちせの気持こそ、箱にしまっておきたい宝物だった。

が、おちせにとっての深川と、お捨にとっての深川とではわけが違う。なつかしさも、住みやすさもおちせと同じかもしれないが、おちせは深川がふりだしで、お捨は、長い旅の末に深川中島町へたどりついたのだった。

お捨は、江戸京橋の呉服問屋、亀万《かめまん》の末娘に生れた。父の異母兄夫婦に子供がなかったため、七歳で京の本店へもらわれていった。商用をかねた手代二人と、女中一人が供についてきたが、あれも長い旅だったと思う。

笑兵衛は、関東雄藩の上士《じょうし》の嫡男《ちゃくなん》だった。藩主が京都所司代《しょしだい》となった時に上洛、亀万から多額の借金をしている藩の使いとして店をたずねてきた。返済延期の言訳けに来たのだった。

亀万に借金をしていたのは、笑兵衛の藩だけではない。どこの藩も、財政の窮乏に苦しんでいた。当然のことで、たとえ十万石を超える大藩であっても、その収入は藩祖以来変わっていないのに、物価は上がりつづけているのである。支出ばかりが増えているのだった。

借金は苦しい財政を補う最も手早い方法だったが、文字通りの貸し倒れとなり、暖《の》簾《れん》をおろす店が出るにおよんで、商家の態度が変わりはじめた。相手を武士とも思わぬようすで、強く返済を求めるようになったのである。

なかでも、亀万はすさまじいという評判だった。主人であるお捨の伯父と番頭二人と、言訳けに訪れた藩士を三方から囲んで責め立てるのである。

額に汗を浮かべ、重い口調で懸命に言訳けをしている笑兵衛を見た時、お捨はふと、いかにも律義そうなその若い武士が気の毒になった。わるいのは、金を貸した伯父と番頭のような気がした。お捨は、夢中で笑兵衛のあとを追った。

「気にせんでくれ」

と、笑兵衛は、伯父のあこぎな仕打ちを詫びるお捨に笑ってみせた。

「わるいのは、やはり金を借りた方だ」

胸にしみてゆくような笑顔だった。お捨は、つられて口もとをほころばせた。あとで聞くと、笑兵衛も、お捨の笑顔を胸にしみてゆくようだと思ったという。

以来、お捨は、笑兵衛が返済延期の言訳けなどという辛い役目を命じられぬようにと祈りながら、その人が言訳けに来るのを待ち焦《こ》がれるようになった。笑兵衛が来たと知ると、裏木戸から外へ出て、笑兵衛が伯父と番頭の皮肉といやみから解放されてくるのを、いつまでも待っていたものだ。翌年の春には婿を迎えねばならぬのが、どれほど情けなかったことだろう。

そして、事件は半年後に起こった。笑兵衛の父が、亀万へ斬り込んだのである。笑兵衛の父が亀万から用立ててもらった五両の金は、二年間の利子で二十両になると言われた上、それが返済されぬうちは藩への貸付も断ると言われて逆上したのだった。お捨の伯母が斬られて即死、伯父と番頭一人が重傷を負って、笑兵衛の父はその場で切腹した。

亀万は、口実を設けて笑兵衛の藩への貸付を中止したかったらしい。その口実に選ばれたのが、勘定方で亀万へよく出入りしていた笑兵衛の父であった。暮らし向きは楽ではないとわかっている笑兵衛の父から、手許不如意《てもとふにょい》の言葉を引き出して金を貸し、法外な利子をつけた。好意で貸してくれた筈の金が、実は藩への融資を断るためのものとわかった時の笑兵衛の父の気持は、どんなだっただろう。が、藩のとった処置はつめたかった。即座に笑兵衛に永の暇《ながのいとま》を言い渡し、父の乱心はそれ故としたのである。

笑兵衛は、お捨に詫びを言いに来た。詫びを言わねばならぬのは、お捨も同じだった。亀万の身代を守るために、伯父は何とかして貸付を断りたかったのだろうが、やりかたがあまりにもあくどかった。これで笑兵衛とは敵《かたき》どうしになってしまったと、お捨は言葉もなく涙を流しつづけた。

「伯父御《おじご》……ご病人にはよしなに」

笑兵衛は、顔をそむけて立ち上がった。どこへ旅立つつもりか、手甲脚絆《てっこうきゃはん》をつけていた。

待って——

と、お捨は言ったつもりだった。裏木戸から出ると言って庭へ降りた笑兵衛は、むっつりと眉間に皺を寄せたまま、「さらば」とも言わず、ましてふりかえりもせずに外へ出て行った。

いなくなってしまう、あの人が。敵《かたき》どうしのままで——。

お捨は裸足で庭へ飛び降りた。一瞬、呆気《あっけ》にとられていた手代や女中があわててあとを追い、お捨は、裏木戸を開ける前に幾つもの手で押えられた。

ふりほどこうとしてもがき、しまいには簪までふりまわして、ようやく木戸を開けたあの時。——あの時は、伯父が斬られたことも、笑兵衛の父が腹を切ったことも、お捨の頭の中から消えていた。お捨の中にあったのは、笑兵衛恋しさだけだった。

瀬戸物のかけらに足を切られたことも知らずに駆けて行って、笑兵衛の後姿を見つけた時のあの嬉しさ。笑兵衛も、聞える筈のないお捨の足音を聞きつけて、笠を捨てて駆け戻り、お捨を抱きとめてくれたのだった。

お捨と笑兵衛は江戸へ向かい、お捨の両親は本店からの知らせで京へ向かって、住む所を替えたまま三十数年、もう十年も前の風の便りに、父も母も兄もこの世を去ったと聞いた。

その間にお花が生れて、あっけなくこの世を去って、笑兵衛が、亀万本店の主人となったお捨の両親の援助の手を断った。それから日本橋の廻船問屋で働いて、遺産相続の争いに巻き込まれるのがいやさに深川澪通りの木戸番小屋へ来た。

おちせは深川から下谷へ、鶯谷から田原屋へと歩き出したばかりではないか。わたしは生れたのが呉服問屋、おちせさんは嫁ぎ先が呉服問屋で、何かご縁がありそうですけどね――。

お捨は、笑兵衛が二つに折っていった布団をふりかえった。まだ笑兵衛のぬくもりが残っていそうだった。

「笑さん、笑さんはいるかえ？」

弥太右衛門の声だった。

笑兵衛とは、どこかで行き違いになったようだった。

「寝ている時じゃないよ。起きな、笑さん」

と、大声で言いながら小屋に入ってきた弥太右衛門は、お捨一人とわかると、ばつがわるそうに首筋のあたりを叩いた。お捨は、また来ると言う弥太右衛門をひきとめて、茶をすすめた。弥太右衛門は、日頃、この世にこれほど美しい女性はいないと言っているお捨との差向かいなら、苦手な羊羹《ようかん》が茶うけでもかまわないらしい。

「おもとさんが、深川へ帰って来るよ」

と、厚く切ったのに手を出した。おちせは、やはりいろは長屋へ行ったようだった。

「おちせ坊は田原屋の嫁になったと聞いていたが、うまくゆかなかったのかねえ」

「それで、空家はあったのですか」

「あいにく、うちの長屋はいっぱいでね。ほかを教えてやった」

「鼠長屋ですか」

「お捨さん。かりにも田原屋の嫁となった女が、母親と一緒に戻ってくるんだよ。あんな化物みたように大きな鼠の出る長屋に、住まわせられるものかね。北川町に近い、五平長屋を教えてやりましたよ」

「そんな。笑兵衛は、五平長屋に空家のあることを知りませんでしたよ」

呆気《あっけ》にとられている弥太右衛門を置きざりにして、お捨は小屋の外へ走り出た。ちょうど炭屋の横の路地から笑兵衛があらわれて、剝がしてきた空家の札を振って見せた。

放っておいても大丈夫だと笑兵衛は言ったが、お捨は、幾度も五平長屋の木戸口へ行った。引越の荷車が来たら、おちせがついていてもいなくても、追い返すつもりだった。

大晦日であった。

元日の晴天を約束するようによく晴れているが風はつめたい。松飾りの御幣《ごへい》が、風に吹かれてちぎれそうに揺れていた。

元日を待ちきれない子供達が、凧《たこ》を持って木戸を駆けぬけて行く。酒屋の掛け取りか、若い男が、今月分だけではないらしい代金を少々声を荒らげて集めていった。そのあとの路地からは、ごまめを炒《い》るにおいが漂《ただよ》ってきた。

大晦日は、日暮れが早くおとずれる。

女達は遊びたい子供達を叱りつけながら二度目の掃除をし、路地に出し放しの盥や薪《まき》を片付けはじめた。正月くらいは、路地もさっぱりとさせたいのだろう。が、置き場所がなかったのか、せっかく片付けた薪を、また路地に積み重ねている者もいる。お捨は木戸から離れた。おちせが大晦日に引越してくることはなさそうだった。

笑兵衛は起きていた。

湯へ行ってこいと言う。お捨は近くの湯屋で、一年の垢《あか》を落とした。

小屋に戻ると、笑兵衛が餅を焼いていた。ずっと起きていたので、腹が空いたらしい。

「まあ、すみません。すぐ御飯の支度をしますから」

「いや、餅が食いたくなったのさ」

笑兵衛は、よく焼けたのを皿にのせて差し出した。

「食べるか」

「ええ、ええ、いただきますとも」

お捨は、急いで風呂桶と手拭いを片付けて、長火鉢の前に坐った。

「疲れただろう」

「あなたこそ」

「そっちは長屋の木戸の番か。とんだ木戸番夫婦だ」

笑兵衛は、めずらしく冗談を言った。

「が、おちせさんは来ないだろうよ」

「わたしもそう思いますけれど」

「来られるわけがないさ」

笑兵衛は、もう一つ、餅を皿にのせた。

「いったん店へ帰ったなら、このいそがしいさなか、簡単に抜け出せるものではない。元日も同じこと、二日からは年始まわりで、そのうちに深川へ帰りたい気持も消えるさ」

網の上の餅がふくらんだ。お捨は、笑兵衛から火箸《ひばし》をとり、ふくらんだ餅を笑兵衛の鼻先に突き出した。

「ばか」

「おちせさん、忘れものを思い出して、ようございましたね」

「うむ――」

火箸の先で餅はしぼみ、お捨は醬油《しょうゆ》をつけてあぶった。こうばしく焼けたのを皿にのせ、笑兵衛に渡す。

元日には、荷揚げ人足から豆腐屋金兵衛に弟子入りした清太郎とおうのが来ると言っている。おすまとおもんも遊びに来るつもりらしい。忙しい正月になることだろう。

おちせから、みごもったという知らせが届いたのは、それからまたしばらく後、小正月も過ぎて鶯《うぐいす》の声の聞かれる頃であった。

解説

縄田一男

文庫本の解説を書いていて〝縁〟というものを感じることがある。

私は、平成五年九月、講談社文庫から刊行された北原亞以子さんの『深川澪通り木戸番小屋』の解説を書かせていただいた。この作品は、平成元年、第十七回泉鏡花文学賞を受賞した、いわば北原さんにとっての出世作といっていい。

こうした作品の解説を任されるのは、光栄なことではあるが、一方で緊張もする。

そしていま、朝日文庫からシリーズが復刻する。その第一巻『深川澪通り木戸番小屋』の解説を依頼された。

〝縁〟という他はない。

シリーズは第六巻『たからもの　深川澪通り木戸番小屋』が最終巻となった。これは作者の意図によるものではない。何故なら北原さんは、平成二十五年三月十二日に永眠されたからである。

このシリーズのテーマは、人は人にとってどれだけ〝藁《わら》〟たり得るか、であると私は思っている。人は困ったとき、〝藁〟をも摑《つか》みたい気持ちになる。その〝藁〟として登場するのが、木戸番のお捨《すて》・笑兵衛《しょうべい》夫婦である。

かつては、日本橋の大店《おおだな》の夫婦であったとも、京の由緒ある家の生まれで江戸へ駆落ちをしてきたとも噂される二人は、実は切れば血の出る劇的な過去を秘めている。

そして北原さんは書いた——生きていくうえで何のバックボーンも持たず、権力にもかまってもらえない人たちと、お捨・笑兵衛夫婦との物語を。時に優しく、時に厳しく。

作品は好評をもって迎えられ、第二巻『深川澪通り燈《ひ》ともし頃』、第三巻『新地橋 深川澪通り木戸番小屋』、第四巻『夜の明けるまで 深川澪通り木戸番小屋』と書き継がれ、この第四巻が平成十七年、第三十九回吉川英治文学賞を受賞することになる。

北原さんは受賞歴の多い作家で、平成五年『恋忘れ草』で第一〇九回直木賞、平成九年『江戸風狂伝』で第三十六回女流文学賞を受賞している。

作家にはいったん波に乗るととまらなくなる様な、これまで抑えていた才能が一気に開花して奔流の如くほとばしる時期がある。

このころの北原亞以子がちょうどそうだ。

平成四年十一月刊行の『まんがら茂平次』（新潮社）では、千の言葉に三つの真実＝せんみつの上を行く、口にする言葉は全部うそ＝まんがら、という虚言癖のある主人公を幕末維新期の江戸・東京に活躍させ、うつろいやすい人と時代のバロメーターにするという巧みな小説作法を展開した。かと思うと、その翌年は、五月に刊行した『恋忘れ草』（文藝春秋）で、女絵師、手習いの師匠、かんざし屋、料理屋の女将《おかみ》といった、様々な職業に従事する女たちの恋と修羅場を現代にも通じる手法で描き、見事、直木賞の栄冠を射とめたのである。

北原亞以子は、受賞記者会見の席上、「江戸にもキャリアウーマンはいたはず。そして彼女たちの悩みは、今のキャリアウーマンの悩みと同じであったでしょう。小説は自然と出来上りました」と答えているが、そういう作者自身、石油会社に勤務したり、コピーライターをしたりと、様々な職歴を経て、作家として成功を収めるに至っている。

ここで作者の経歴について、いささか筆を費やせば、北原亞以子は、昭和十三年、東京は下町の生まれ。父は椅子づくり専門の家具職人であった。前述のＯＬ生活やコピーライターを経験。二十代後半から同人誌に作品を発表する様になり、昭和四十四年、「粉雪舞う」が小説現代新人賞の佳作に、また、「ママは知らなかったのよ」が第一回新潮新人賞を受賞するなど、後年、「純文学と大衆文学を分けて考えたことはない。いい小説はいい小説」と云い切る様な柔軟な小説作法を見せ、作家デビューを果たした。その後、長い雌伏の時期を経て、新撰組の興亡を独自の視点で捉えた『歳三からの伝言』（新人物往来社）等の歴史小説から、情感あふれる市井ものまで、守備範囲も広く、歴史、時代小説界になくてはならぬ書き手となった。

そして、作者の経歴の中で最も重要なのは東京の下町に生まれた、という一点ではあるまいか。このことは単に、原稿用紙を展《ひろ》げるとパッと江戸の町が立ち現れて来るという、〝下町生まれの特権〟が作者に与えられたというだけではない。江戸の残り香の漂う下町で、しかも、職人である父の背中を見て育つということは、そのまま、意識するしないは別として、幼い頃から私たちの周囲で失われつつある、〈生活の原風景〉を自己の内部に取り込んで来たということになるからである。

その北原さんが、あんなに早く逝ってしまうなんて。

だが幽明界を異にしようとも、北原さんの本は版を重ね続ける。

何故なら、北原作品はわれら庶民にとってささやかなお守りなのだから。

（なわた　かずお／文芸評論家）

深川《ふかがわ》澪通《みおどお》り木戸番小屋《きどばんごや》　朝日文庫

2024年4月30日　第1刷発行

著　者　北原亞以子《きたはらあいこ》

発行者　宇都宮健太朗
発行所　朝日新聞出版
〒104-8011　東京都中央区築地5-3-2
電話　03-5541-8832(編集)
03-5540-7793(販売)

印刷製本　大日本印刷株式会社

Published in Japan by Asahi Shimbun Publications Inc.
定価はカバーに表示してあります

ISBN978-4-02-265145-7

情に泣く

朝日文庫時代小説アンソロジー　人情・市井編

細谷正充・編／宇江佐真理／北原亞以子／杉本苑子／半村良／平岩弓枝／山本一力／山本周五郎・著

失踪した若君を探すため物乞いに堕ちた老藩士、家族に虐げられ娼家で金を毟られる旗本の四男坊など、名手による珠玉の物語。《解説・細谷正充》

おやこ

朝日文庫時代小説アンソロジー

細谷正充・編／池波正太郎／梶よう子／杉本苑子／竹田真砂子／畠中　恵／山本一力／山本周五郎・著

養生所に入った浪人と息子の嘘「二輪草」、歌舞伎の名優を育てた養母の葛藤「仲蔵とその母」など、時代小説の名手が描く感涙の傑作短編集。

なみだ

朝日文庫時代小説アンソロジー

細谷正充・編／青山文平／宇江佐真理／西條奈加／澤田瞳子／中島　要／野口　卓／山本一力・著

貧しい娘たちの幸せを願うご隠居「松葉緑」、親子三代で営む大繁盛の菓子屋「カスドース」など、ほろりと泣けて心が温まる傑作七編。

わかれ

朝日文庫時代小説アンソロジー

細谷正充・編／朝井まかて／折口真喜子／木内　昇／北原亞以子／西條奈加／志川節子・著

武士の身分を捨て、吉野桜を造った職人の悲話「染井の桜」、下手人に仕立てられた男と老猫の友情「十市と赤」など、傑作六編を収録。

いのり

朝日文庫時代小説アンソロジー

細谷正充・編／朝井まかて／宇江佐真理／梶よう子／小松エメル／西條奈加／平岩弓枝・著

隠居侍に残された亡き妻からの手紙「草々不一」、紙屑買いの無垢なる願い「宝の山」、娘を想う父の決意「隻腕の鬼」など珠玉の六編を収録。

いのち

朝日文庫時代小説アンソロジー

朝井まかて／安住洋子／川田弥一郎／澤田瞳子／山本一力／山本周五郎／和田はつ子・著／末國善己・編

江戸期の町医者たちと市井の人々を描く医療時代小説アンソロジー。医術とは何か。魂の癒やしとは？　時を超えて問いかける珠玉の七編。

宇江佐 真理
深尾くれない

深尾角馬は姦通した新妻、後妻をも斬り捨てる。やがて一人娘の不始末を知り……。孤高の剣客の壮絶な生涯を描いた長編小説。《解説・清原康正》

宇江佐 真理
富子すきすき

武家の妻、辰巳芸者、盗人の娘、花魁——。懸命に前を向いて生きる江戸の女たちの矜持を描いた傑作短編集。《解説・梶よう子、細谷正充》

宇江佐 真理
恋いちもんめ

水茶屋の娘・お初に、青物屋の跡取り息子・栄蔵との縁談が舞い込む。運命に翻弄される若い男女を描いた江戸の純愛物語。《解説・菊池 仁》

宇江佐 真理
お柳《りゅう》、一途《いちず》
アラミスと呼ばれた女

長崎出島で通訳として働く父から英語や仏語を習うお柳は、後の榎本武揚と出会う。男装の女性通詞の生涯を描いた感動長編。《解説・高橋敏夫》

宇江佐 真理
おはぐろとんぼ
江戸人情堀物語

別れた女房への未練、養い親への恩義、きょうだいの愛憎。江戸下町の堀を舞台に、家族愛を鮮やかに描いた短編集。《解説・遠藤展子、大矢博子》

宇江佐 真理／菊池 仁・編
酔いどれ鳶
江戸人情短編傑作選

夫婦の情愛、医師の矜持、幼い姉弟の絆……。江戸時代に生きた人々を、優しい視線で描いた珠玉の六編。初の短編ベストセレクション。